neue frau
herausgegeben von
Angela Praesent und
Gisela Krahl

Merete Mazzarella

HEIMKEHR VOM FEST

Aus dem Schwedischen
von Verena Reichel

rororo

Rowohlt

Die Originalausgabe erschien 1992
unter dem Titel «Hem från festen» bei
Bokförlaget Trevi Publishers

Veröffentlicht im Rowohlt Taschenbuch Verlag GmbH,
Reinbek bei Hamburg, März 1996

Umschlaggestaltung Nina Rothfos
Satz Sabon und Univers Libro, Kriftel
Druck und Bindung Clausen & Bosse, Leck
Printed in Germany
1290-ISBN 3 499 13721 6

Weihnachten 1991 stand ich am Familiengrab und schaute auf die zuletzt in den Stein gemeißelten Zeilen:

Annamarie Schreck
geb. Cleemann
*12. 8. 1919
† 7. 7. 1991

Plötzlich begriff ich, was an Silvester jedesmal so schwer war: die Magie der Jahreszahlen, die Erkenntnis, daß Jahreszahlen das Leben eines jeden Menschen begrenzen, die Erkenntnis, daß jede neue Jahreszahl eine Jahreszahl ist, die man in Grabsteine meißeln wird, die Erkenntnis, daß jede neue Jahreszahl die Jahreszahl werden könnte, die auf dem Grabstein eines nahestehenden Menschen steht.

Oder auf meinem eigenen.

Der Jahreswechsel ist nicht nur eine Erinnerung an das Vergehen der Zeit, er ist auch eine Erinnerung daran, daß die Zeit unerbittlich stehenbleiben wird.

Wenn nicht für die gesamte Menschheit, so doch gewiß für jeden einzelnen.

Aber ich will nicht, daß das Leben meiner Mutter zu den Jahreszahlen 1919–1991 versteinert. Ich will auch nicht, daß der 7. Juli versteinert: Es war ein so zauberhaft schöner Sommertag. Ich will nicht so schreiben, als hätte der Tod ihrem Leben einen Sinn gegeben, denn ihr Leben hatte in hohem Grade einen Sinn in sich selbst. Aber so, wie sie ein gutes Leben gelebt hat, ist sie auch einen guten Tod gestorben und hat ihre Kinder und ihre Freunde gelehrt, daß der Tod zum Leben gehört. Ich stelle mir nicht vor, daß alle Menschen sterben sollten wie sie: Wir sterben vermutlich genauso verschieden, wie wir leben, und der gute Tod, wie das gute Leben, kann verschieden aussehen. Hingegen denke ich mir, wir können die Bedingungen für den guten Tod schaffen, genauso wie wir die Bedingungen für die gute Entbindung schaffen, in der demütigen Erkenntnis, daß es die Voraussetzung für beides ist, das Glück auf seiner Seite zu haben.

Meine Mutter hatte das Glück auf ihrer Seite.

Und auch wir, die ihr nahestanden, hatten Glück: mein Bruder Martin und sein Lebensgefährte Flemming, ich selbst und mein Freund Manfred, mein Sohn Ville, die Geschwister meiner Mutter und ihre Freunde.

Ich fing an, Tagebuch zu führen, als ich erfuhr, daß meine Mutter krank war. Es war nicht meine eigene Idee, sondern die meines Freundes Henry Troupps. Als Arzt – er ist Neurochirurg – wußte er vielleicht, was uns bevorstand, bevor ich es selbst wußte, obwohl er in diesem Moment nichts anderes sagte als: «Unser Krankenpflegesystem kann den Angehörigen viel Zeit abverlangen.» Jedenfalls danke ich ihm. Ich schrieb, um diese Zeit wahrzunehmen, um meine Mutter wahrzunehmen. Ich schrieb auch, um das Schwere einzuordnen, um ein wenig Abstand zu gewinnen. Manchmal schrieb ich mit einem Gefühl von schlechtem Gewissen – ich glaube, es war das gleiche schlechte Gewissen, das viele schreibende Menschen haben, angesichts dessen, daß man beobachtet, während man fühlt, daß man sowohl sich selbst wie andere Menschen als Stoff benutzt. Doch wenn ich nicht will, daß das Leben meiner Mutter zu Stein erstarrt, so will ich es auch nicht fiktionalisieren, ästhetisieren, überinterpretieren oder – was das schlimmste wäre – sentimentalisieren. Erzählen kann heißen, sich bemächtigen, und ich habe kein Recht darauf, mich des Lebens meiner Mutter zu bemächtigen. So wie mein Leben von ihr ausging, wurde auch meine Sicht des Lebens von ihr geprägt. Es war meine Mutter, die mich mehr als jeder andere Mensch gelehrt hat, was es heißt, bewußt zu leben, sein Leben bewußt zu gestalten – aber auch, die Begrenzungen des Lebens zu gestalten, sich zurechtzufinden. Der Tod war ihr letztes großes existentielles Projekt.

Tatsächlich war sie von Anfang an in meinem Schreiben präsent: Wer *Zuerst verkauften sie das Klavier* (deutsch 1994) gelesen hat, wird sie hier wiedererkennen. Die Geschichten in meinem Erstlingsbuch waren zum großen Teil die Geschichten meiner Mutter, wie auch der Tonfall der Tonfall meiner Mutter war, und für mich war es natürlich, manches wieder aufzugreifen – und zugleich eine neue Bedeutung in einem neuen Zusammenhang herzustellen. Mein Buch *Gespräche* (1990) ist meiner Mutter gewidmet – ihr und den beiden dänischen Jugendfreundinnen Thora und Nete, mit denen Mutter dank der Kunst des Gesprächs über fünfzig Jahre lang Kontakt zu halten vermochte. Im Vorwort zitiere ich eine Strophe aus dem Choral von Grundtvig, den meine Mutter auswendig konnte und der vom Leben im Jenseits handelt:

So reisen wir in unser Vaterland,
wo hell der Tag für jeden
in der prächtigen Burg von festem Stand
im Freudensaal von Eden,
wo fröhlich in der Ewigkeit
mit Freunden im Licht wir reden!

Mutter nahm an, Grundtvig habe mit den Worten «im Licht» gemeint, wir würden im Paradies in vollkommener Erkenntnis miteinander reden. Dieser Choral wurde bei ihrer Beerdigung gesungen, die Jörgen, Thoras Mann, hielt. Es war Mutter, die mich gelehrt hat, daß die guten Gespräche, die auch hier auf Erden möglich sind, Zeit und Offenheit erfordern. Sie war es, die mich gelehrt hat, daß man nicht nur auf die Worte hören muß, sondern auch auf das, was zwischen den Worten ist. Sie hat mich gelehrt, daß jemand, der überwiegend selbst redet, nichts Neues erfährt. Sie schenkte jedem, mit dem sie sprach, ihre ungeteilte Aufmerksamkeit, drängte einem aber nie ihre eigenen Ansichten oder Urteile auf – wenn sie im Lauf der Jahre vieles anvertraut bekam, hatte das nicht zuletzt darin seinen Grund. Andererseits hat es niemand geschafft, sich ihr aufzudrängen: Sie verfügte über ein inneres Zimmer, zu dem keiner Zutritt fand. Ich stelle mir vor, daß es vielleicht aussah wie ihr Zimmer auf dem Land, in Kiri. Ihr Zimmer in Kiri war klein, sehr hell, mit hellen Vorhängen, einem schmalen Bett, einem Bücherregal, in dem die meisten Bücher von Yoga, von östlicher Philosophie und Religion handelten, wo aber auch die Bibel ihren Platz hatte. Es duftete nach Tigerbalsam (den sie gegen all die Zipperlein nahm, die sie nie so recht akzeptieren mochte: Erkältungen, Ischias, ein schmerzender Trigeminus), und unter dem Spiegel auf dem Toilettentisch stand ihr einziges Schönheitsmittel, die Salbe, die eigentlich dazu dienen sollte, Kuheuter geschmeidig zu machen.

Ihr inneres Zimmer aber habe ich nie gesehen.

«Denk bloß nicht, daß du alles über mich weißt», hat meine Mutter mehrmals gesagt. (Einmal hat sie jedoch hinzugefügt: «Allerdings weißt du bestimmt mehr als jeder andere.») Ich habe nie angenommen, daß ich alles über sie wüßte: Ich hatte meinen Anteil an ihr, aber andere Menschen, die ihr nahestanden, hatten auch ihre Anteile, und ich weiß, daß diese nicht unbedingt mit den meinen übereinstimmten. Dies ist ein Buch über meinen Anteil. In gewissem Sinn ist es sogar ein Buch über mich selbst. Der Schwerpunkt liegt auf meinem Tagebuch, das zwar redigiert, aber grundsätzlich authentisch ist, und auf undatierten Notizen, die in den Tagen, Wochen und Monaten nach dem Tod meiner Mutter entstanden sind. In dieser Zeit habe ich jedoch einen Artikel über Krankenpflege gelesen, dessen Verfasser empfahl, dem Pflegepersonal Fotos von ihren Patienten zu geben, damit sie wüßten, wie diese als Gesunde ausgesehen haben, und so daran erinnert würden, daß die Patienten Menschen sind wie sie selbst. Daher beginnt das Buch mit einem Porträt meiner Mutter. Auch dieses ist größtenteils noch zu ihren Lebzeiten geschrieben, als meine Gedanken ständig um sie kreisten und das Wissen um ihren bevorstehenden Tod mich noch bewußter als zuvor danach fragen ließ, wer sie war, und zu versuchen, einen Zug zum anderen zu fügen. Weitgehend basiert das Porträt auf ihren eigenen Berichten, daher habe ich mich entschlossen, es Anamnese zu nennen.

Eine von Mutters Freundinnen, Annlis, hat einmal erzählt, sie habe als blutjunge Medizinstudentin die Aufgabe bekommen, die Anamnese eines Patienten zu erstellen, es war ein Ingenieur, der fast doppelt so alt war wie sie selbst. Mit Eifer und Enthusiasmus ging sie ans Werk, und der Mann erzählte und erzählte, und als er schließlich aufhörte, sagte er mit echter Verwunderung in der Stimme: «Soviel habe ich bestimmt noch nie einem Menschen von mir selbst erzählt.» Bei der Visite einen Tag nach seiner Operation, fragte ihn der Chefarzt, wie er sich fühle, und da suchte er Annlis mit dem Blick, entdeckte sie ganz am Ende der streng hierarchisch geordneten Prozession und sagte: «Wenn ich mit meiner lieben Medizinstudentin sprechen darf, fühle ich mich ganz ausgezeichnet.» Dann zog er eine Rose aus einem Blumenstrauß an seinem Bett und bestand darauf, daß Annlis zu ihm kam, um sie entgegenzunehmen.

Genausowenig wie Annlis verpflichtet war, all das herauszufinden, was ihr der Ingenieur erzählt hat, könnte es irgendeinem Arzt auf der Welt zur Pflicht gemacht werden, all das herauszufinden, was ich über Mutter erzähle, und zwar deshalb, weil sie es selbst erzählt hat, weil es ihr wichtig war, es zu erzählen. Aber ein interessierter Arzt hätte doch wohl einiges davon herausgefunden.

Als Patient – oder als Angehöriger – würde man sich wünschen, es gäbe mehr interessierte Ärzte. Auch davon handelt dieses Buch.

Dieses Buch ist überhaupt unrein: Es mischt Großes und Kleines, Hohes und Niederes, es ist voll von Widersprüchen. Es ist dem Freundeskreis meiner Mutter gewidmet – all jenen, mit denen sie im Gespräch war und mit denen sie nach ihrer Vorstellung einst «im Licht» würde sprechen dürfen. Wer dieses Buch liest, wird sich nicht fragen müssen, warum.

DIE ANAMNESE

Eigentlich hätte sie nicht geboren werden sollen – zumindest wenn es nach ihrer Großmutter Olavia gegangen wäre. Für Olavia war es schlimm genug, daß ihr Johan geheiratet hatte, noch dazu so früh – es stand zwar außer Frage, daß er sich versorgen könnte (ihr Großvater war jung gestorben, aber Johan war in seine Fußstapfen getreten, hatte Veterinärmedizin studiert und sein Examen als jüngster Tierarzt des Landes gemacht), doch er war erst dreiundzwanzig, und seine Karen war noch nicht einundzwanzig, als am 6. Juli 1911 Hochzeit gefeiert wurde. Mit der Zeit hatte Großmutter allerdings einen gewissen Respekt vor Karen bekommen, obwohl sie ein Mädchen aus der Hauptstadt war und eigentlich vorgehabt hatte zu studieren und fröhliche braune Augen hatte und die Röcke so kurz trug, daß die Bauersfrauen sich entrüsteten.

Karen konnte nämlich mehr als glitzern und lachen: wie wenige andere konnte sie zupacken beim Kochen und Backen und Waschen, in den Blumenbeeten, im Küchengarten und im Hühnerstall, sie konnte die Dienstmädchen zur Ordnung rufen, und sie konnte die Haushaltskasse strecken. Doch als sie innerhalb von sechs Jahren vier Kinder bekommen hatte – zuerst Inger, dann Andreas, der nach Großvater benannt und der Augenstern seiner Großmutter war, und dann Grethe und Jörgen –, ja, da sagte Großmutter unmißverständlich, nun sei es genug. Indessen war Karen umgeben von lauter verschwenderischer Fruchtbarkeit – die Rosen prangten, die Beerensträucher strotzten, die Hühner legten Eier –, und am 12. August 1919 wurde dann meine Mutter geboren, als fünftes Kind der Familie, und auf den Namen Annamarie getauft.

Es gibt ein Foto von ihr und Jörgen, darauf ist sie ungefähr eineinhalb Jahre alt. Sie trägt weiße Socken und Lackschuhe und eine Schleife im Haar, und die Hände sind über dem runden Bauch gefaltet. Während Jörgen unsicher schielt, schaut sie direkt in die Kamera. Bereits in diesem Alter hatte sie angefangen zu sagen: «Kann selber!» Sie sagte es, wenn jemand ihr helfen wollte, die Schnürsenkel zu binden. Sie sagte es, wenn sie auf das Dach des Hauses geklettert war und jemand sie herunterheben wollte. Eigentlich hat sie es seitdem immer gesagt – oder gemeint –, ihr ganzes Leben lang.

Als Erwachsene hat sie stets erklärt, sie habe eine sehr glückliche Kindheit gehabt. Manchmal sagte sie es ein wenig trotzig, denn irgendwann hatte sie selbst eine Tochter bekommen, die diesem Begriff mißtraute oder sich zumindest weigerte, an eine Sonne ohne Schatten zu glauben. Für sie war es zweifellos genau die richtige Kindheit, und was könnten wir uns Besseres erhoffen? In dieser Kindheit gab es überdies eine große Geborgenheit. Ihre Eltern lebten weiterhin gut zusammen: am Samstag nachmittag mußten die Kinder alle Gartenwege harken, und dann spazierten Karen und Johan darauf entlang, immer Hand in Hand. Allerdings hatte Johan ein aufbrausendes Temperament – das nicht zuletzt durch die Landwirtschaftskrise der zwanziger Jahre auf die Probe gestellt wurde, in deren Folge die Bauern Schwierigkeiten bekamen, ihre Tierarztrechnungen zu bezahlen. (Damals war es Karen, die die Buchführung überwachte und die Rechnungen eintrieb, weil sie wußte, daß Johan trotz seines aufbrausenden Temperaments leichter zu erweichen war.)

Die soziale Stellung der Familie in der Dorfgemeinschaft war durch nichts zu erschüttern. War Johan zu einer örtlichen Veranstaltung unterwegs und merkte, daß er sich verspätete, konnte er sagen: «Es fängt ja doch nicht an, bevor ich da bin.»

Und als er einmal im Stall Mantel und Hemd auszog, um einer Kuh in den Geburtswehen beizustehen, schaute der Bauer erstaunt von dem brüllenden Tier auf und rief aus: «Haben Sie sogar einen Nabel, Herr Tierarzt?»

Zu seinen Kindern pflegte Johan zu sagen: «Denkt immer daran, ihr seid nicht besser als andere – aber auch kein anderer ist besser als ihr.»

Auch in mir lebte die Kindheit meiner Mutter stark und deutlich durch die Redewendungen, die sie weitergab, und die Geschichten, die sie erzählte. Mitten in einem Gottesdienst flüsterte sie mir einmal zu: «Sieh dir die Kopfform dieses Pfarrers an. Dein

Großvater hätte bestimmt gesagt, er war eine Zangengeburt.» – «Du hustest ja wie eine alte Tuberkelkuh, würde dein Großvater sagen», hieß es auch. Oder: «Aus dem fließt das Geschwätz wie Scheiße aus einem Kälbchen.» Viele von Großvater Johans Geschichten überschritten großzügig die Grenze des im trivialen Sinn Wahrheitsgetreuen. Da war beispielsweise die Geschichte vom Kleinbauern, der erzählte, er habe sich einen Geißbock gekauft und wolle ihn bei sich in der Stube halten. «Und was ist mit dem Geruch?» fragte Großvater, worauf der Mann antwortete: «Da muß sich der verdammte Bock wohl dran gewöhnen.» (Großvater selbst roch wahrhaftig auch nicht immer besonders gut, wenn er aus dem Pferdestall oder dem Kuhstall kam, sagte Mutter, doch wenn eins der Kinder sich beklagte, sagte er: «Von diesem Geruch lebt ihr alle miteinander.») Dann gab es die Geschichte von dem Mädchen, das als Magd in der Stadt arbeitete und eines Sonntags zu Hause auf dem Land gewesen war. Als sie gegen Abend wieder zur Arbeit radeln wollte, gaben ihr die Eltern ein frisch geschlachtetes Kaninchen und eingemachtes Preiselbeerkompott mit. Unterwegs stürzte sie mit dem Rad, Kompott und Kaninchen landeten in einem einzigen Mischmasch im Graben, und das Mädchen fing an zu weinen. Ein freundlicher Passant half ihr mitsamt dem Fahrrad auf und sagte tröstend: «Weine nicht – mit diesen Ohren wär es sowieso kein schönes Kind geworden.»

Es waren rauhe, wenn nicht gar derbe Geschichten, manchmal mit einem Hauch von Gesindestube, aber sie vermittelten ein unsentimentales Lebensgefühl. Mich erreichten sie von innen erwärmt durch die Liebe zu dem Milieu, aus dem sie stammten.

Die allerwichtigste von Mutters eigenen Geschichten handelte von einem Waldspaziergang der Familie. Aus irgendeinem Grund waren sie weiter gelaufen als geplant, und eines der Kinder fing an zu plärren. Da drehte Großmutter sich um und zischte: «Denkt dran, wir sind unterwegs, um Spaß zu haben!» Diese Replik symbolisierte die Einstellung der Familie zum gesamten Dasein – mit dem unausgesprochenen Zusatz: Man hat nicht mehr Freude, als man sich selber macht.

Viele Jahre lang war es vor allem der um gut ein Jahr ältere Jörgen, mit dem Mutter Spaß hatte. Wenn Jörgen einen Baum fällen wollte, ließ er Mutter hinaufklettern, bevor er die Axt ansetzte, und rief ihr zu, sie solle sich in die Richtung lehnen, in die der Baum fallen sollte. Irgendwie schaffte sie es dann auch, rechtzeitig abzuspringen. Als noch keiner von beiden zur Schule ging, kam Jörgen auf die Idee, einen Leierkasten zu bauen, das heißt eine Kiste mit einer Kurbel und Rädern. Mutter mußte in die Kiste kriechen, und dann zog Jörgen damit im Dorf herum, und als er an der Kurbel drehte, fing Mutter an zu singen. Die Nachbarn bezahlten alle einen Obolus – womöglich vor allem, um Mutter zum Schweigen zu bringen. Als sie nach ungefähr einem Jahr genug Geld beisammen hatten, kauften Jörgen und Mutter sich einen Geißbock, denn sie wußten, daß viele Höfe eine Ziege hatten, aber keinen Bock, und sie hängten beim Kaufmann einen Zettel auf: «Geißbock für 1 Krone pro Mal zu verleihen.»

Zuerst ging Mutter in die Dorfschule, wo der Lehrer den Tag damit begann, die Kinder die Gesangbuchverse abzufragen, die er ihnen zum Auswendiglernen aufgegeben hatte, dann diktierte er ihnen einen geeigneten Unglücksfall aus der Lokalzeitung, und schließlich ließ er die ganze Klasse in seinem Garten arbeiten, während er selbst seinen Mittagsschlaf hielt. Die biblische Geschichte machte auf Mutter einen starken Eindruck. Einen ganzen Sommer lang war sie fest davon überzeugt, sie könne lernen, wie man auf dem Wasser geht – sie stellte sich vor, das Geheimnis liege darin, daß man möglichst schnell ging, aber irgendwie schaffte sie es nie, schnell genug zu gehen. Einen ganzen Winter lang war sie überzeugt, jeden Moment könnte sich ein Engel des Herrn offenbaren und ihr erklären, sie sei auserwählt, und versuchte sich wohl ein bißchen zu verkriechen, denn wenn sie auch begriff, wie ehrenvoll die himmlischen Aufträge waren, wußte sie auch, daß sie oft unbequem sind.

Mit zehn Jahren mußte sie wie die Geschwister ins Gymnasium in den Marktflecken radeln, der sieben Kilometer entfernt war. Die Geschwister fanden das weit – besonders im Winter und bei Regen, doch Mutter radelte einfach drauflos.

(Sie ist es bestimmt auch nicht gewesen, die bei diesem Waldspaziergang anfing zu plärren.)

Sie war schlecht in Grammatik und Mathematik, aber in einem Jahr bekam sie gerade noch ein Ausreichend in Französisch, das sie überhaupt nicht als Fach hatte, und das nur, weil ihre vier Geschwister alle schlecht in Französisch waren und der Lehrer ihr in der Eile die Familiennote verpaßt hatte. In ihrer Freizeit war sie Pfadfinderin, und das hieß, daß sie auch abends in den Marktflecken und wieder nach Hause radeln mußte. Als sie zum erstenmal in einem Lager war, wurde sie dazu ausersehen, mit einer Botschaft von einem der Leiter zum anderen zu laufen, aber sie war so eifrig und stolz – das war ja fast so fein wie ein himmlischer Auftrag –, daß sie in ihrem Eifer die ganze Botschaft vergaß. Trotzdem stieg sie mit der Zeit selbst zur Leiterin auf, und als Gymnasiastin war sie selbst die Hauptveranstalterin eines internationalen Pfadfindertreffens. Sie mußte zwar eine Klasse wiederholen, fühlte sich aber reich belohnt, als ihr Korps einen in Silber gefaßten Eberzahn entgegennehmen durfte, überreicht von der Kronprinzessin Ingrid persönlich, frisch verheiratet und elegant. Zur selben Zeit wurde Mutter Vorsitzende des Vereins der Gymnasiastinnen und veranstaltete einen Diskussionsabend über Freie Liebe. Der Direktor riß erzürnt die Plakate von der Wand, und Mutter mußte im Anschluß eine Diskussion über die Bedeutung der Konfirmation veranstalten.

Das wird sie nicht erschüttert haben, denn sie hatte gerade die frohe Entdeckung gemacht, daß das Christentum nicht die einzige große Weltreligion war, und verkündete ihrer Freundin Thora: «Ich glaube fast, ich bin Buddhistin.»

Ich weiß nicht, was Thora damals geantwortet hat – sie selbst ist später Pfarrersfrau geworden –, aber vermutlich war sie nicht besonders erstaunt. Wirkte Mutter auch noch so nach außen gerichtet, sie hatte schon jetzt ihr inneres Zimmer. Es war fast so, daß ihre Freunde es sehen und hören konnten, wenn sie sich dorthin zurückzog und die Tür hinter sich schloß.

Das Abitur machte sie 1939, und da Großvater es sich damals gerade nicht leisten konnte, ein weiteres Kind studieren zu lassen, wurde entschieden, daß sie eine Journalistenausbildung in Åbenrå anfangen sollte, direkt nördlich hinter der deutschen Grenze, wo Großvater zwei Vettern hatte, Peter, der Reeder war, und Knud, der Kapitän war, beide mit Deutschen verheiratet. Peter hatte seine Frau resolut zum Dänischen bekehrt – er war überhaupt ein Patriarch alten Schlages, der fand, die Frau müsse ihren

Platz kennen: an seinem Tisch durften nur die Männer Schnaps und Bier trinken, während Frauen und Kinder sich mit einer Limonade zu begnügen hatten –, in Knuds Familie dagegen war es die Frau, eine Kleinbürgerin, von kleinem Wuchs und mit harten Lockenwicklerwellen, die schaltete und waltete und das Haus mit ihrer deutschen Verwandtschaft füllte.

Am 9. April stand Mutter wie andere Åbenråer bestürzt auf der Straße und sah die deutschen Tanks anrollen. Größere Schußwechsel fanden nicht statt, aber einige Kugeln drangen in die Bibliothek ein, und zwei Bücher wurden beschädigt: das eine hieß *Harte Herzen* und das andere *Der letzte Kampf*. Daheim bei Onkel Knud waren schon zuvor Dänen und Deutsche vorsichtshalber an verschiedenen Enden der Tafel plaziert worden, aber jetzt meldete sich Onkel Knuds Sohn freiwillig bei der deutschen Armee – als er schließlich heimkehrte, hatte er sich beide Beine an der Ostfront abgefroren. Mutter hatte wohl keinen so glanzvollen Einsatz wie ihr Bruder Andreas: Er schloß sich der Widerstandsbewegung an und war nachts unterwegs, um Waffen entgegenzunehmen, die von der britischen Luftwaffe mit dem Fallschirm abgeworfen wurden. Mit der Zeit mußte Andreas untertauchen, was nur bedeutete, daß er aufs Land zog und sich zur Tarnung einen Bart stehenließ. Vermutlich hätten die Deutschen ihn geschnappt, hätten nicht freundliche Menschen ihm geraten, wenigstens den Bart abzurasieren, da die Deutschen wußten, daß alle Widerstandskämpfer einen Bart trugen.

Mutter trat dem Zivilschutz bei und hielt nachts mit einer Gasmaske in der Turnhalle eines Gymnasiums Wache, in Erwartung des Fliegeralarms. Es gab keinen Alarm – obwohl sie genau wußte, wie man die Gasmaske säubert. Im übrigen nahm sie an Großkundgebungen teil, auf denen man vaterländische Lieder sang und Telegramme an den alten König schickte, und sie ärgerte die Deutschen nach bestem Vermögen, indem sie auf der Straße summte *My Bonnie is over the ocean*. Doch als sie einmal Weihnachten zu Hause war und zusammen mit Großvater Johan zum Einkaufen in den kleinen Ort fuhr und das Auto wegen der Kälte nicht zu starten war, bis ein deutscher Soldat ihnen anschieben half – ja, da wechselten Großvater und sie zuerst einen Blick, und dann sagten beide tatsächlich: «Danke schön.»

Mitten im Krieg verließ Mutter Åbenrå und ging nach Kopenhagen, um Literatur zu studieren und ihre Laufbahn als Journalistin fortzusetzen. Ein Zeitschrifteninterview, das sie mit Karen Blixen machte, ist in der Blixen-Literatur zitiert – «Immerhin hab ich es geschafft, eine Fußnote zu werden», sagte Mutter manchmal, teils ein bißchen zufrieden, teils ein bißchen wehmütig. Ungefähr ein Jahr lang wurde sie hin und wieder nach Rungstedlund eingeladen. Karen Blixen war Kettenraucherin – ihre Zigaretten schüttelte sie mit eleganten Handbewegungen aus einem ihrer weiten Ärmel – und sie redete und redete. Ihre Augen, das einzig Lebendige in dem maskenhaften Gesicht, müssen hin und wieder prüfend auf Mutter geruht haben, aber sie hat bestimmt erkannt, daß Mutter nicht die Person war, mit der man Teufelspakte schloß.

Mutter hatte keine Leichen im Keller. Sie glaubte nicht an das metaphysische Böse und hatte wenig Sinn für existentielle Grundangst. War jemand ohne konkreten Grund traurig, pflegte sie eine Weile nachzudenken, und dann sagte sie: «Meinst du, es könnte am Luftdruck liegen?»

Im Sommer 1943 fuhr Mutter zu einer Reportagereise nach Finnland, ein Land, von dem sie nicht viel mehr wußte als das, was sie sich in der Journalistenausbildung angeeignet hatte. (Die Åbenråer Zeitung verfügte über keine großen Mittel, daher druckte man im Winterkrieg Tag für Tag dasselbe Foto vom Schloß in Viborg mit der gehißten Fahne, immer mit derselben Unterzeile: «Noch weht die Fahne Finnlands über dem alten Viborg.» Am Tag, als Viborg fiel, war Mutter allein in der Redaktion. Rasch ließ sie die Fahne wegretuschieren, und das Foto konnte noch einmal erscheinen, mit neuer Unterzeile: «Jetzt weht die Fahne Finnlands nicht mehr über dem alten Viborg.») Als Mutter in die finnische Gesandtschaft in Kopenhagen kam, um sich ein Visum zu holen, lernte sie Vater kennen. Sie kam am Mittsommertag und hatte keine Ahnung, daß dies ein Feiertag war, doch Vater, ein junger, gewissenhafter Attaché, der keine Überstunden scheute, war an seinem Platz, ließ sie ein und gab ihr die Stempel, die sie brauchte. Vater war von Natur aus ein bekümmerter Mann, und vermutlich hat er seine Besorgnis zum Ausdruck gebracht, wie sie mitten im Krieg in seinem Land zurechtkommen sollte – worauf Mutter (die es wirklich nicht gewöhnt war, daß man sich ihretwegen Sorgen machte) vermutlich ebenso überrascht wie gerührt war und eifrig versicherte, sie würde hervorragend zurechtkommen.

Offenbar waren ihre Versicherungen tatsächlich so eifrig, daß sie vereinbarten, sich nach ihrer Rückkehr wiederzusehen. Vater war kein Draufgänger, was Frauen anging: Es war seine Tante, die eine geeignete junge Dame zu bitten hatte, bei seiner Promotion als Kranzbinderin aufzutreten. Vor einigen Jahren sagte mir eine ältere Dame: «Ich war die Sekretärin Ihres Vaters, als er im Außenministerium anfing. Gut hat er ja ausgesehen, aber er war so schüchtern, daß wir Mädchen überzeugt waren, er würde nie heiraten, und außerdem lebte er ja bei seiner Tante. Ihre Mutter muß eine sehr unternehmungslustige junge Dame gewesen sein.»

Als ich Mutter das berichtete, überlegte sie eine Weile, lächelte und sagte dann: «Mag sein.» Sie sagte es sehr ruhig.

Während ihrer Verlobungszeit nahm eine Tante aus der Verwandtschaft, Ketty, sie beiseite und erklärte ihr, es gäbe einige Dinge, die eine junge Frau wissen sollte, bevor sie die Ehe einging. Tante Ketty hatte vermutlich nie von Mutters und Jörgens Geschäften mit dem Geißbock gehört – und sie wußte auch nicht, daß Mutter bereits schwanger war.

(Feingefühl gehörte übrigens nicht gerade zu Tante Kettys hervorstechenden Eigenschaften: Als sie und ihr Mann, Onkel Gunnar, das Sommerhaus guter Freunde hatten nutzen dürfen, bedankte sich Tante Ketty damit, daß sie alle Blumentöpfe des Hauses knallrot strich.)

Hochzeit wurde am 22. Juli 1944 gehalten, und damit ließ Mutter ihr Studium, ihr Schreiben, ihr ganzes eigenes Leben hinter sich, ja sogar ihre Sprache. Zweiunddreißig Jahre lang lebte sie Vaters Leben – in Finnland, in der Schweiz, in China, in der Türkei, in Bulgarien, in Indien und schließlich wieder in der Türkei. Sie brachte zwei Kinder zur Welt, die sie selbstverständlich versorgte – der Einsatz meines Vaters beschränkte sich darauf, den Kinderwagen zu schieben, wenn sie spazierengingen, und schon das fand er ziemlich kühn. Doch solange Vater lebte, war sie in erster Linie Ehefrau, in zweiter Linie Mutter, denn auch Vater mußte gepäppelt werden. Es gibt ein Foto, das ich manchmal betrachte: Es zeigt die fünf Kinder aus der ersten Ehe meines Großvaters väterlicherseits, kurz nach dem Tod ihrer Mutter aufgenommen. Sie sind alle schwarz gekleidet und aufgereiht wie die Orgelpfeifen auf einem umgestürzten Baumstamm, sie sehen aus, als wären sie gerade am Ufer der Verlassenheit gestrandet. Vater ist nicht mit auf dem Foto – er war das einzige Kind aus der zweiten Ehe meines Großvaters –, aber ich denke oft, dieses Foto illustriert die Grundbedingung seiner Existenz und daher auch die der meinen. Seine Mutter wurde früh zur Witwe, und bevor sie heiratete, war sie eine alte Jungfer – die Ehe war in ihrem Fall ein kurzes Zwischenspiel zwischen zwei demütigenden Zuständen. Vater wuchs auf, umgeben von seiner Mutter, seiner Tante und einer treuen Dienerin. Er hatte eine Bazillenphobie und Höhenangst, er fürchtete sich vor Zug, er verlegte andauernd seine Brille. Als Mutter einmal die rechte Hand wegen einer Verbrennung im Verband trug, kam Vater eines Tages an, zeigte ihr seine Uhr und fragte, warum sie stehengeblieben sei. Sie war stehengeblieben, weil man sie aufziehen mußte, was Mutter bisher regelmäßig gemacht hatte, Woche für Woche, Jahr für Jahr.

Da Vater, wie gesagt, ein bekümmerter Mann war, mußte Mutter für Optimismus sorgen. «Du wirst sehen, alles wird sich am Ende regeln», sagte sie entschieden. Und zumindest wir Kinder zweifelten nie daran, daß sie recht hatte – daß wirklich alles sich regeln würde, weil sie das sagte. «Mutter sagt, morgen gibt es schönes Wetter», erklärten wir getrost. Vater war außerdem ein Mann, der es haßte, allein zu sein: Wachte er mitten in der Nacht auf, wünschte er, daß sie ebenfalls aufwachte, um ihm Gesellschaft zu leisten, und das tat sie. Er schob es gern auf das, was er sein unruhiges Herz nannte – als Kind war er oft krank gewesen und hatte sein ganzes Leben lang Angst vor Krankheit, und zugleich erschien die Krankheit als eine Art Zuflucht, eine Entschuldigung dafür, müde zu sein, es nicht zu schaffen, vor allem, so viel weniger zu schaffen als Mutter. Er las medizinische Bücher und ging gern zum Arzt – auf seine alten Tage umgab er sich mit Spezialisten – und nahm eine Menge Medikamente. In seinen letzten Jahren mußte ich oft mit seinen Rezepten zur Apotheke gehen, die aus irgendeinem Grund manchmal auf meinen Namen ausgestellt waren: «Ist das wirklich für Sie?» fragte die Apothekerin, und bevor ich antworten konnte, fuhr sie fort: «Das ist nämlich ein Prostatamittel.» Aber obwohl es ungesagt blieb, glaube ich, Mutter hat begriffen, daß der eigentliche Grund mit seinem inneren Zimmer zu tun hatte: Sie wußte, daß es ganz einfach viel weniger sonnig war als das ihre, daß er zuweilen dort sogar Angst vor der Dunkelheit bekam.

Überhaupt blieb einiges zwischen ihnen ungesagt. Mutter glaubte nicht an den Nutzen der Aussprache, noch weniger an den Streit als Mittel zur Befreiung. «Die Worte schaffen das, was sie benennen», sagte sie oft, «und man kann nie ganz vergessen, was im Zorn gesagt wurde.» Wenn Vater sie anschnauzte, nahm sie das indessen mit größter Ruhe auf. Ich weiß nicht, ob ich je verstanden habe, worin die Provokation bestand, aber ich erinnere mich, daß Vater sich einmal vom Tisch erhob, die Serviette hinwarf und sagte: «Da hier sowieso keiner nach mir fragt, kann ich genausogut meine Sachen nehmen und verschwinden.» Nachdem er die Eßzimmertür hinter sich zugeknallt hatte, sagte Mutter: «Es ist nicht so schlimm, er weiß bestimmt nicht, wo seine Sachen sind.»

Das war das einzige Mal, daß Vater mit Auszug drohte. Das einzige Mal, daß ich sah, daß Mutter geweint hatte, war an einem Herbsttag, als ich aus der Schule kam und erfuhr, daß Onkel Andreas zusammen mit seinem sechzehnjährigen Sohn Johan bei der Entenjagd ertrunken war.

Andreas war Tierarzt wie Großvater, und Johan war auch zum Tierarzt bestimmt. Es war eine Familienkette, in der Glied an Glied gefügt worden war – Andreas, Johan, Andreas, Johan –, doch nun war die Kette zerbrochen.

Andreas war der Unruhegeist in der Geschwisterschar gewesen. Als Kind hatte er immer wieder versucht auszureißen, und schließlich hatte Großvater ihn an den Fahnenmast gefesselt. Er hatte das Bedürfnis, sein Leben gefährlich zu leben: als Sportler – in seiner Jugend war er der einzige, nicht nur in der Geschwisterschar, sondern in der ganzen Gegend, der Skier besaß –, später als Widerstandskämpfer und Flieger. Er hatte seinen Vater geärgert, indem er tief, tief über das Dach des Elternhauses hinwegflog. Und nun war er tot.

Sie hatten es gut miteinander, Mutter und Vater. Ich glaube,

Mutter hat nie aufgehört, das Bekümmerte bei Vater als Fürsorge zu sehen und darüber gerührt zu sein, daß man sich sogar ihretwegen Sorgen machen konnte. Jene Großzügigkeit, die nur echte Liebe hervorbringt, machte, daß sie sich zurechtfand und tat, was er und seine Karriere verlangten. Sie war nicht eitel, sie schminkte sich nicht, und am liebsten schnitt sie sich die Haare selbst, aber seiner Karriere zuliebe zog sie Ausgehkleider und hochhackige Schuhe an und besuchte Empfänge. Sie mochte Menschen – in einem ihrer letzten Lebensjahre rief sie mich an und sagte: «Weißt du, ich bin hier gerade mit dem Staubsauger herumgegangen und hab daran gedacht, wie schön es ist, daß es so viele *verschiedene* Arten von Menschen gibt» –, und sie hatte Mitleid mit allen, die einsam aussahen. Auf einem Empfang der portugiesischen Botschaft in den fünfziger Jahren ging sie auf einen Mann mittleren Alters zu, der abseits stand und schüchtern wirkte, und fing resolut eine Unterhaltung mit ihm an. «Sind Sie schon lange in der Schweiz?» – «Ein paar Jahre.» – «Wohnen Sie in Bern?» – «Nein, am Thuner See.» – «Was für eine Arbeit haben Sie?» – Der Schüchterne sah betreten aus: «Zur Zeit habe ich gerade keine Arbeit, aber eigentlich sollte ich König von Portugal sein ...»

Konventionell oder zimperlich war sie nie. Als sie bei einem Diplomatenessen plötzlich eine Hand auf ihrem Knie spürte, hob sie die Tischdecke an und sagte: «Da ist wohl ein Hund unter dem Tisch?» Als sie und ich dreißig Jahre später zum Essen bei unserem gemeinsamen Freund Johannes waren und Johannes fragte, ob es stimme, daß sie Kopfstand machen könne, stellte sie sofort ihre Handtasche zur Seite, erhob sich – und machte Kopfstand. Wenn jemand betroffen war, dann war ich es: sie hatte nämlich vergessen, daß sie ein Kleid trug, und ich fühlte mich genötigt, hinzulaufen und die Röcke um ihre Beine hochzuraffen.

Mutter hat auch nie vergessen, daß man nicht mehr Spaß hat, als man sich selber macht. Sie las. Sie kaufte Ölfarben und Leinwand und fing an zu malen, einen Lehrer brauchte sie nicht, denn sie malte zu ihrem höchstpersönlichen Vergnügen, weil sie wiedergeben wollte, was sie sah, genau so, wie sie es sah. Sie schwamm und spielte Tennis. Im gleichen Jahr, als ihr einziger Enkel, Ville, zur Welt kam, überredete sie Vater, ein Sommerhaus in Finnland zu kaufen, damit Ville richtige finnische Kindheitssommer erlebte und damit sie selbst Holz hacken und Wasser tragen könnte, während Vater danebenstand und sagte: «Mach bloß nichts Gefährliches!» Ich glaube, sie verliebte sich in ihr Kiri, weil es dort nicht nur Wald und Strand und Meer und Klippen und eine Insel gab, sondern auch bebautes Land, einen Acker, der sie an ihre Kindheit erinnerte. Das Haus selbst richtete sie mit Dingen aus ihrem und Vaters Elternhäusern ein: Hier fanden sie endlich ihren Platz, die mit Blumen bemalten Kaminschirme, der Teppich mit dem schlafenden Hund, all die unzähligen Stickereien ihrer Großmutter Olavia und meiner eigenen Großmutter.

Seit der Zeit, als sie ihrem Bruder Jörgen beim Holzfällen half, hat sie sich auf ihren Körper verlassen, sich in ihrem Körper wohl gefühlt. Sie war nicht groß, empfand sich aber selbst nie als klein. Sie behauptete immer, sie sei einssiebenundsechzig, und das behauptete sie auch weiterhin, nachdem Martin und ich sie an einem Türstock gemessen und triumphierend festgestellt hatten, daß sie nur einsvierundsechzig war. Am Weihnachtsabend, wenn die Kerzen im Kronleuchter angezündet werden sollten, konnte sie noch immer, nachdem nicht nur ihre beiden Kinder, sondern auch Ville ihr über den Kopf gewachsen waren, uns alle wegschubsen und sagen: «Laßt mich doch.» Sie hatte kurze Beine – Dackelbeine, sagten wir Kinder liebevoll –, aber ihre Arme waren kräftig, und ihre Hände mit den kurzen, breiten Fingern waren richtige Arbeitshände. Sie war stark und stolz auf ihre Kraft.

Wenn ich von einer Auslandsreise heimkam, stand sie immer zum Empfang am Flugplatz, und immer trug sie das Gepäck zum Auto: «Laß mich doch.»

In Indien hat sie Yoga gelernt. Yoga wurde für sie eine Möglichkeit, das zu tun, was sie wohl immer instinktiv als das Natürliche betrachtet hatte: Körper und Geist als eins aufzufassen, den Körper zu benutzen, um die geistige Energie zu sammeln. Jeden Tag radelte sie frühmorgens durch New Delhi zu ihrem Yogalehrer, einem pensionierten General bei der Luftwaffe, und bevor Vater versetzt wurde, hatte sie selbst ein Lehrerdiplom gemacht.

Als Vater im November 1976 im Sterben lag, saß sie ständig an seinem Krankenbett. «Ich versuche, ihm atmen zu helfen, ich versuche, für ihn zu atmen.»

Damals hatte Vater schon seit mehreren Jahren Krebs. Daß er

endlich krank wurde, gab ihm sicher eine Art von Befriedigung: «Ich hab's doch immer gesagt» – aber über den Tod wollte er nicht sprechen.

Auch dabei mußte Mutter ihm helfen.

Da Vater am Letzten des Monats starb, hatte das Außenministerium bereits das Gehalt für Dezember ausbezahlt. Am Tag der Beerdigung bekam Mutter einen Anruf von der Bank, der Staat habe das Geld zurückgenommen. Dann dauerte es ein Jahr, bis sie eine Rente bekam. In gewisser Weise war dies ein Symbol für ihre gesamte Lebenssituation: Plötzlich war sie einfach eine siebenundfünfzigjährige Witwe ohne richtige Ausbildung, die nie Finnisch hatte sprechen können, ohne daß Vater ein Gesicht machte, als habe er Zahnschmerzen, die Schwedisch mit Akzent sprach, die keine Arbeit hatte und auch keine vernünftigen Aussichten, eine Arbeit zu finden. Den größten Teil ihrer Ehe hatte sie im Ausland verbracht, aber jetzt galt es, nach Hause zu ziehen. Nach Hause? Sie zog nach Finnland, nach Helsinki, wo sie wenige Verwandte und noch weniger Freunde hatte. Freilich, sie hatte auch zwei erwachsene Kinder, aber ich befand mich mitten in der Scheidung, und Martin, der in Kopenhagen lebte, probierte sein Leben als Homosexueller aus. Außerdem kam keiner von uns auf den Gedanken, sie könne uns brauchen – wir waren so daran gewöhnt, daß wir es waren, die sie brauchten.

Indessen war sie wiederum willens, sich zurechtzufinden. Nach einer Weile fing sie an, Privatunterricht in Yoga zu geben, auf dem Teppich in ihrem Wohnzimmer, und mit der Zeit wurden etliche ihrer Schülerinnen zu Freundinnen. Viele davon waren die Art von Frauen, die das Leben führten, von dem sie einst geträumt und für das sie alle Voraussetzungen gehabt hatte. Durch sie bekam sie einen Eindruck von dem Preis, den ein solches Leben kostete: das Unvermögen, im Jetzt zu ruhen, die ständige Angespanntheit, das ständige schlechte Gewissen wegen all der Dinge, die nicht getan wurden. Wenn sie vom Wohnzimmerteppich aufgestanden waren, servierte sie ihnen Kräutertee und hörte sich an, was sie zu erzählen haben mochten, ohne auf die Uhr zu schielen. Sie interessierte sich völlig neidlos für diese Frauen. Auch für mich interessierte sie sich völlig neidlos: Sie war die erste, die meine Manuskripte las, sie schnitt meine Artikel aus und sammelte sie in großen Ordnern für mich, ein Ordner für jedes Jahr. Die indische Philosophie, die ihr mit den Jahren immer wichtiger geworden war, behielt sie für sich, falls man sie nicht ausdrücklich danach fragte, denn missionieren wollte sie nicht. Ihre Einstellung war noch dieselbe wie damals, als ich mit ungefähr neun Jahren weinend aus der katholischen Schule in Peking nach Hause kam, weil die Nonnen gesagt hatten, ich als Protestantin sei unrettbar zum Höllenfeuer verdammt. Da nahm Mutter ein großes Blatt Papier, zeichnete ein Haus auf einem Hügel und sagte: «Dies ist Gottes Haus. Du siehst ja selbst, man kann auf vielen verschiedenen Wegen dahin gelangen.»

Aber daß es Gott gab, daran zweifelte sie keinen Augenblick, und sie hörte nie auf, Gott zu suchen – oder das Göttliche. In einem Winter las sie die Bibel, von Anfang bis Ende. Vor allem das Alte Testament fesselte sie, und sie schlug sich lange mit dem Buch Hiob herum. In einem Sommer studierte sie die neue Physik. «Es gefällt mir sehr, etwas zu lesen, was ich nur *beinahe* verstehe», sagte sie.

Auch in ihrem täglichen Leben gab es keinen Fanatismus. «Es gibt zwar nichts, was sich nicht bessert, wenn man Yoga macht», sagte sie. «Aber manchmal hilft auch ein Glas Kognak.»

Sie genoß es, Gäste zu haben, und erzählte, sie und ihre Freunde hätten sich in den Jahren der Besatzung und der Lebensmittelknappheit gegenseitig aus Kochbüchern vorgelesen und gefunden, es sei die reinste Poesie. Ich glaube, auch in besseren Zeiten fand sie mehr Sinnlichkeit in einem guten Rezept als in vielen Gedichten. Sie versammelte die unterschiedlichsten Menschen um sich und ließ sie spüren, daß, wenn *sie* sie mochte, sie auch die Voraussetzung haben müßten, einander zu mögen. Sie war auch gern selbst zu Gast, und waren wir beide zusammen bei einem Essen, war ich es meistens, die als erste aufbrach. Einmal rief ich sie am nächsten Tag an, um zu fragen, wann sie nach Hause gekommen sei.

«Gegen zwei», sagte sie.

Als ich ein paar Tage später die gemeinsame Freundin anrief, bei der wir zu Gast gewesen waren, um mich zu bedanken, sagte diese: «Wie schade, daß du so früh nach Hause gegangen bist. Deine Mutter ist ja bis um vier geblieben.»

Daß sie bis um vier geblieben war, hatte Mutter mir nicht zu sagen gewagt. Als sie merkte, daß sie ertappt worden war, sagte sie: «Bilde dir bloß nicht ein, daß du alles über mich weißt.»

Die Sommer verbrachte Mutter auf dem Land, in Kiri. Im April fuhr sie immer übers Wochenende hinaus, und im Mai belud sie ihren blauen Saab – der genau wie Kiri von Vater gekauft worden war und voller Erinnerungen steckte – und zog hinaus. Es war ein gründlicher Umzug, der auch die Topfpflanzen einschloß: Die Palme, die sie zu ihrem sechzigsten Geburtstag bekommen hatte und die in die Höhe und Breite gewachsen war, durfte auf dem Vordersitz Platz nehmen und wurde mit dem Sicherheitsgurt angeschnallt. Auch sonst war sie gut gerüstet. Eines Tages winkte ein Mann an der Landstraße, um sie anzuhalten. Ein Stück entfernt stand sein Auto, das viel neuer und feiner war als ihres. Ihm sei das Benzin ausgegangen, erklärte er und fragte, ob sie ihn zur nächsten Tankstelle fahren könne.

«Ja», sagte Mutter, «aber ich habe tatsächlich einen Reservekanister im Kofferraum.»

«Aha», sagte der Mann, «aber man braucht einen Trichter dazu.»

«Ich habe auch einen Trichter im Kofferraum», sagte Mutter.

Dann nahm sie den Kanister und den Trichter, und während der Mann verblüfft danebenstand, füllte sie seinen Benzintank.

«Was bin ich schuldig?» fragte der Mann.

Das konnte Mutter sofort ausrechnen.

«Aber ich habe nur einen Fünfhunderter», sagte der Mann.

«Ich kann wechseln», sagte Mutter.

Und als eines Tages in Kiri der Abfluß in der Küche streikte und der Klempner verlauten ließ, er könnte erst in ein paar Wochen jemanden vorbeischicken, entschied sie, es gäbe keinen Grund zu warten. Sie maß die Entfernung vom Spülbecken zum Abflußgraben, die dreißig Meter betrug, dann grub sie das Rohr aus und fuhr ins Kirchdorf, um einen Gummischlauch von entsprechender Länge zu kaufen. Nachdem sie den Schlauch dann installiert hatte, goß sie einen Eimer Wasser ins Spülbecken und lief zum Graben, um zu sehen, ob es funktionierte. Das tat es, und zum Abschluß dieses Tages entkorkte sie eine Flasche Champagner.

In Kiri genoß sie die Freiheit der Einsamkeit, die Vater ihr so schwer hatte gönnen können. Sie machte Yoga. Sie bebaute ihren Gemüsegarten und hatte ständig Kartoffelerde unter den Nägeln. Sie ging in den Wald, um Pilze und Beeren zu sammeln. Vater hatte stets um die Bäume gejammert, doch jetzt trotzte sie seinem Gedächtnis, indem sie die Bäume fällte und immer großartigere Ausblicke eröffnete. Zum Herbst hin, wenn die Nachbarn schon wieder in die Stadt gezogen waren, liebte sie es sehr, herumzugehen und in ihre Fenster zu schauen – sie nannte das «den Alexandrinerundgang», denn so, erklärte sie, habe es die alte Königin Alexandrine in ihrer Sommerresidenz gemacht, um die Neugier auf das Leben ihrer Untertanen zu stillen. Mutter interessierte sich überhaupt für alles, was um sie her geschah: für die Wolkenformationen am Himmel, für die Bewegungen der Zugvögel, für Wasserstand und Regenfälle, dafür, wie es dem räudigen Fuchs ergehen würde, der ein Jahr lang herumstrich und mit seinem kahlen Schwanz so jämmerlich aussah, oder für das elternlose Eichkätzchen, das sich in einem Frühjahr in ihrem Nistkasten einquartierte. Sie verlor nie die Fähigkeit, sich zu wundern. An einem Maimorgen rief sie an und sagte: «Denk nur, daß die Natur es jedes Jahr schafft, soviel Grün zu produzieren!» In einem Herbst kam jeden Tag ein Elch und fraß von ihren Äpfeln und wurde so zahm, daß er vor ihrem Küchenfenster lag. «Ich mag Elche ja sehr, aber man will nicht unbedingt über sie wegsteigen müssen, wenn sie daliegen und wiederkäuen», sagte sie.

«Sind Elche Wiederkäuer?» fragte ich.

«Das weiß ich nicht genau, aber ich bin ganz sicher, daß er dann ziemlichen Durchfall bekommen hat.»

In dem letzten Sommer, den sie als Gesunde erlebte, hat sie von der Entdeckung einer Bärenfährte berichtet, und ich war nur deshalb nicht beunruhigt, weil ich ihr nicht glaubte. Darüber war sie so verärgert, daß sie Gipsabdrücke von der Fährte machte und sie einem bekannten Zoologen zeigte, der ihr Genugtuung verschaffte.

«Ich werde kein Wort über diesen Bären verlieren, damit keiner in der Gegend auf die Idee kommt, ihn zu jagen», sagte sie. «Aber nächsten Sommer gehe ich in den Wald und versuche herauszufinden, wie er aussieht.»

Auch in Kiri hatte sie oft Gäste. Nachdem sie nun mal ihre eigene Sprache, das Dänische, verloren hatte, wurden teils das Yoga und teils Kiri für sie zum Ausdrucksmittel, und Kiri, das Leben in Kiri, wurde zu ihrem Kunstwerk. Wenn sie Gäste hatte, stand sie um fünf Uhr früh auf, buk Brot und heizte die Sauna, damit es warmes Wasser gab, wenn die Gäste aufwachten. In der Sauna hatte jeder Gast, Kind wie Erwachsener, eine eigene Waschschüssel mit seinem Namen daran. Bei Tisch hatte jeder Gast seinen eigenen Serviettenring, ebenfalls mit dem Namen versehen und außerdem mit dem Datum des allerersten Besuchs dieses Gastes in Kiri. Die Serviettenringe wurden dann Besuch für Besuch, Jahr für Jahr aufgehoben. Es machte nichts, daß die Waschschüsseln aus Plastik und die Serviettenringe aus Pappe waren – sie wirkten trotzdem fürstlich. Weder im Haus noch im Freien mußten Mutters Gäste je einen Finger rühren, um ihr zu helfen. Die Arbeit, die sie tat, tat sie deshalb, weil es das war, was sie selbst am allerliebsten machen wollte, und in ihrem Reich sollten auch ihre Gäste nichts anderes tun müssen als das, was sie selbst am allerliebsten machen wollten. Nur zu den Mahlzeiten versammelten sich alle und dann am Abend, nach dem Essen, im weißen Saal, wo man am Kamin saß. Oder im Pavillon auf der Klippe, wo man den Sonnenuntergang betrachtete und dem Spiel des Windes mit den kleinen thailändischen Tempelglocken lauschte, die Mutter an der Traufe aufgehängt hatte. In Kiri achtete niemand darauf, ob es spät wurde.

Ich selbst fuhr jedes Wochenende zu ihr hinaus. In abgewetzten Hosen stand sie auf dem Bahnhof, breitete lächelnd die Arme aus und sagte: «Willkommen auf dem Land!» Ich fand sie schön: sie war braungebrannt und von Wind und Wetter gegerbt wie ein alter Indianer. Als ich ihr sagte, sie sei schön, lachte sie und sagte wie auf ihrem Telefonanrufbeantworter in der Stadt: «Ich bin am besten auf dem Land.» Schon bevor wir am Auto waren, hatte ich angefangen zu reden, und sie ermunterte mich zu erzählen, wie meine Woche gewesen sei und sie vor ihr auszubreiten, um selbst ein wenig Überblick zu gewinnen. Es war wie früher, wenn ich aus der Schule heimkam und sofort erzählen mußte, was die Lehrerin gesagt hatte, mit wem ich gespielt hatte und wer nicht mit mir hatte spielen wollen. Nein, ich war nicht die einzige, die redete, aber ich redete zuerst. In der Küche summte der Herd, und das Essen war fertig. Ich ging meistens früh ins Bett, und mein letzter bewußter Gedanke vor dem Einschlafen war: «Jetzt bin ich bei meiner Mama.» Bei Mutter schlief ich so gut wie sonst nie, und wenn ich langsam, langsam aufgewacht war, lag ich noch lange zusammengerollt in der Wärme des Bettes und lauschte ihrer morgendlichen Geschäftigkeit, hörte sie Glut aus dem Herd kratzen oder mit der Ofentür klappern, hörte das Wasser aus der Pumpe plätschern. Ich stand nie auf, bevor nicht der Duft des frisch gebackenen Brotes von unten emporstieg.

Einmal brachte ich einen verheirateten Mann mit. Mutter wußte, daß er verheiratet war, aber ans Bett in unserem Zimmer hatte sie ein Glas mit duftenden Waldhyazinthen gestellt. Sie verließ sich darauf, daß etwas Gutes daran sein mußte, wenn ich dieses Verhältnis wirklich wollte. Es war wie mit dem Wunschstein, der auf ihrem Schreibtisch lag und den man ihrer Meinung nach hin und wieder ein bißchen reiben sollte: «Es ist nicht sicher, daß man bekommt, was man sich wünscht, aber es kann wichtig sein, daß man wenigstens weiß, was man sich wünscht.»

Auch wenn ich in der Stadt war, blieb Kiri meine Zuflucht. Wenn ich Schwierigkeiten mit dem Einschlafen hatte, stellte ich mir gern vor, ich sei dort, ich läge in einem Liegestuhl vor dem weißen Haus, ich könnte den Wind in den Bäumen hören. Dann zählte ich oft die verschiedenen Bäume rings um das Haus auf – außer den Birken und all den Apfelbäumen gab es Erlen, Eschen, Ahorn, Kastanien –, und ich stellte mir vor, wie Mutter im Wald oder im Gemüsegarten arbeitete.

Wenn wir nicht zusammen waren, telefonierten wir täglich miteinander – wir begannen den Tag gewöhnlich mit einem Telefongespräch. Es war, wie gesagt, nicht nur ich, die redete, auch sie hatte viel zu erzählen. Manchmal über etwas, was sie gerade in der Zeitung gelesen hatte. Sie verfolgte engagiert den Lauf der Welt und hatte darüber ihre eigenen Theorien. Eine davon lautete, das Elend der Welt rühre zu einem Teil davon her, daß die Politiker ständig hierhin und dahin fliegen und Beschlüsse fassen müssen, obwohl das ihren Tagesrhythmus stört. Eine andere Theorie war, männliche Politiker, die gravierende Fehler gemacht hatten, würden nicht selten die Macht einer Frau abtreten, die zuerst die Verantwortung für das Versagen der Männer übernehmen müßte, um dann nach und nach abserviert zu werden. Mit nicht geringem Entzücken sprach sie von Indira Gandhi. «Die Männer haben sie an die Macht kommen lassen, weil sie dachten, sie könnten sie manipulieren, aber da haben sie sich gründlich getäuscht.» Nach der Katastrophe von Tschernobyl wurde Mutter entschiedene Kernkraftgegnerin, und weniger als ein halbes Jahr vor ihrem Tod demonstrierte sie vor der sowjetischen Botschaft für die Freiheit Litauens.

Oft erzählte sie etwas, was sie gerade erlebt hatte, beispielsweise daß auf ihrem Abendspaziergang ein betrunkener Halbwüchsiger in einer Lederjacke auf sie zugekommen sei und auf finnisch gesagt habe: «Soll ich dich anpissen, Tante?» Statt sich eiligst aus dem Staub zu machen, war sie ihm einen Schritt entgegengetreten, hatte ihm fest in die Augen gesehen und auf dänisch gefragt: «Kann ich Ihnen irgendwie behilflich sein?» Das hatte dazu geführt, daß er Angst bekam und flüchtete. Nicht alle ihre Ausflüge waren so dramatisch. Genausogut konnte es vorkommen, daß sie sagte: «Bei einem Bummel auf der Fredriksgatan gestern bin ich vor jedem Pelzgeschäft stehengeblieben und habe geschaut, aber da war kein Stück, das mir gefallen hätte, und als ich nach Hause kam, hatte ich das Gefühl, ich hätte Zehntausende von Mark gespart.» Oder: «Als ich gestern in der Straßenbahn saß und mich umsah, kam mir in den Sinn, daß aussehensmäßig die meisten Menschen wohl unter dem Durchschnitt liegen. Übrigens, hast du je daran gedacht, wie lächerlich eigentlich Ohren sind? Es gibt keinen Menschen, vor dem man Angst haben oder den man überhaupt richtig ernst nehmen kann, wenn man sich erst seine Ohren anschaut!»

Oft erzählte sie von ihren Freundinnen, und ob ich sie nun kannte oder nicht, machte ihr Enthusiasmus sie auch für mich lebendig. Da waren Salme und Riitta, die mit ihrem früheren Leben verbunden waren: Salme war eine ebenso selbständige Botschaftergattin, wie sie selbst es gewesen war, Riitta war Botschafterin. Fragte man sie, wie sie sich bei männlichen Kollegen Respekt verschaffte, antwortete sie gewöhnlich: «Ich erhebe die Stimme.» Mit Salme und Riitta ging Mutter auf Reisen: einmal nach Peru, einmal nach Indien und China. Salmes sechzigsten

Geburtstag feierten die drei in einer Jurte am Grab von Dschingis-Khan. Da war Annlis, die mit schwerbehinderten Kindern und Jugendlichen arbeitete und Mutter die Einsicht vermittelte, daß es nicht allen Menschen gegeben ist, Spaß zu haben, selbst wenn sie sich noch so sehr bemühen. Da war Seija, die Ärztin war und sich für Akupunktur und sonstige alternative Medizin interessierte und die Oper liebte. Da waren Auli H. und Auli V., die beide an der Universität unterrichteten. Da waren Guje, die Mutters Interesse für östliche Philosophie teilte, und Barbara, die Glasmalerei betrieb und Wüstenmäuse hielt, und Brita und Kristina und Mona und Carla und wie sie alle hießen.

Durch ihren Kreis wurde auch meine Welt größer.

Mutter hatte auch viel davon zu erzählen, was sie geträumt hatte. Besonders an einen ihrer Träume erinnere ich mich: Sie träumte, sie sei zu einem großen Empfang geladen, und als sie gerade dort eingetroffen war und auf die Gastgeber zuging, um sie zu begrüßen, merkte sie, daß sie nackt war und alle sie anstarrten. Es war ihr jedoch nicht peinlich, sie hatte vielmehr gedacht: «Glotzt ihr nur – es ist doch nicht das erste Mal, daß ihr einen nackten Körper seht.»

Oft beendete sie unsere Gespräche mit einem: «Findest du nicht, wir haben es gut, du und ich? Findest du nicht, wir haben ein *schönes* Leben?»

Und manchmal fügte sie hinzu: «Daran muß man sich später erinnern, wenn man es plötzlich nicht mehr so gut hat.»

Ob Vater ihr gefehlt hat?

«Ich rede oft mit ihm», sagte sie. «Besonders im Saab rede ich mit ihm. Schon aus diesem Grund habe ich mir gedacht, der Saab sollte am besten bis an mein Lebensende halten.»

«Meinst du, es gefällt ihm, was du jetzt machst?» habe ich sie einmal gefragt.

«Ich denke, er ist klüger geworden – da drüben. Was ihm früher mißfallen hätte, versteht er jetzt besser, denke ich.»

Wenn man ihren Geschichten sehr aufmerksam lauschte, verstand man indessen, daß es auch für sie Schatten gab – oder Anflüge von Schatten. Auf dem Land besuchte sie eines Tages eine Nachbarsfrau, die fragte: «Warum sind Sie nach dem Tod des Botschafters nicht nach Dänemark zurückgegangen?» Mutter zögerte nicht mit der Anwort. «Nach so vielen Jahrzehnten hätte ich mich in Dänemark wie ein fremder Vogel gefühlt.» Die Nachbarin warf ihr einen raschen Blick zu, rührte in ihrer Kaffeetasse und sagte: «Ja, dann können Sie natürlich genausogut in Finnland ein fremder Vogel sein.»

Bei einem Essen kam sie einmal mit einer alten Dame ihres Alters ins Gespräch, einer Holländerin, die genau wie sie einen Finnen geheiratet hatte. Sie waren sich darüber einig, daß sie sich in Finnland wohl fühlten, aber dann hatte die andere Dame gesagt: «Aber beerdigt werden möchte ich doch am liebesten daheim in Holland.» Da hatte Mutter gemerkt, daß dasselbe auch für sie galt – sie konnte ihr Leben gut und gerne hier leben, aber beerdigt sein wollte sie am liebsten daheim im Familiengrab in dem dänischen Dorf, in dem sie geboren war. Als sie mir das sagte, rief ich mit spontaner Entrüstung aus: «Aber meinst du nicht, es wäre Vaters Wunsch, daß du neben ihm liegst?» Und sie antwortete: «Ja, bestimmt wäre das sein Wunsch», und mehr wurde darüber nicht gesagt.

Bei einem ihrer Kopenhagener Besuche bekam Mutter Lust, das Grab ihrer Großmutter zu besuchen. Sie wußte, daß es auf dem Solbjerg-Friedhof lag, aber als sie mit ihren Blumen dort hinkam, zeigte sich, daß sie es nicht finden konnte, und die Friedhofsverwaltung war geschlossen. Nachdem sie eine Weile herumgeirrt war, beschloß sie, sich nach jemand anderem umzusehen, um ihm ihre Blumen zu geben. Zuerst blieb sie bei einem jungen Offizier stehen, der 1864 im Krieg gefallen war, kam dann aber zu dem Schluß, daß er es nicht sein sollte. Dann blieb sie bei einem Chinamissionar stehen, aber auch er war es nicht. Schließlich gab sie ihre Blumen einer Dame mit russischem Namen, geflüchtet aus dem Petersburg der Revolution – ein fremder Vogel.

Ob Mutter Fehler hatte? Ja, freilich, und sie kannte sie selbst, verhielt sich aber souverän unbekümmert zu ihnen: Als ich sie fragte, ob es etwas in ihrem Leben gäbe, was sie bereute, überlegte sie eine Weile, antwortete dann aber mit Nein. Daß sie besonders auf ihre älteren Tage am Christentum Anstoß nahm, lag daran, daß sie weder sich selbst noch andere als arme Sünder sah. In Kiri gingen sie und ich oft zusammen in die Sauna, und einmal, als sie vor mir hinausging, schloß sie aus Zerstreutheit die Tür hinter sich zu. Ich mußte wohl eine Stunde in der Sauna sitzen, bevor sie auf die Idee kam, nach mir zu sehen. Als ich ihr dann schmollend vorwarf, daß sie mich hätte warten lassen, wurde sie ihrerseits wütend – nicht (oder nicht nur) weil sie nicht zugeben konnte, daß sie einen Fehler gemacht hatte, sondern weil sie nicht fassen konnte, daß ich einfach mit den Händen im Schoß dagesessen hatte, statt durchs Fenster hinauszuklettern, wie sie es getan hätte.

Überhaupt mangelte es ihr an Geduld. Im Flur in Kiri hatte sie ein Plakat mit den Worten: «Lieber Gott, schenk mir Geduld – aber bitte schnell.» Einmal hörte ich sie sagen: «Es war wirklich ganz schrecklich, kleine Kinder zu haben.» Ich erinnere mich daran, weil es mich verletzt hat – immerhin war ich selbst eines ihrer kleinen Kinder gewesen.

Vermutlich lag es auch an ihrer Ungeduld, daß ihr hin und wieder Unfälle zustießen. Ihre Ungeduld und daß sie so schnell ging, mit selbstverständlicher Sicherheit, ohne je zu schauen, wohin sie die Füße stellte, daß sie auf Leitern kletterte, ohne sich zu vergewissern, ob sie stabil waren. Oft hatte sie blaue Flecke, und andauernd hat sie sich geschnitten. In einem Sommer war ihr Rasenmäher noch nicht ganz stehengeblieben, als sie schon einen Finger hineinsteckte, und sie verlor den größten Teil der Fingerkuppe. Sie versuchte das Gras zusammenzurechen, das sie gemäht hatte, doch der Finger blutete so stark, daß sogar ihr klar wurde, es müßte etwas geschehen. Sie hatte gerade ihre polnische Freundin Mira zu Besuch, die rotes Haar und rote Nägel hatte und gern im Pavillon saß und Zigaretten in der Zigarettenspitze rauchte oder in ihren hochhackigen Schuhen auf den Klippen von Kiri herumstöckelte, und da Mira beim Warschauer Aufstand Krankenschwester gewesen war, dachte Mutter, sie könnte ihr den Finger zeigen. Das lehnte Mira aber entschieden ab und sagte, seit dem Warschauer Aufstand könne sie absolut kein Blut mehr sehen. Mutter blieb nichts anderes übrig, als sich in den Saab zu setzen und die fünfzehn Kilometer zum Kirchdorf zu fahren, wo eine junge Medizinstudentin in der Krankenstation die Wunde vernähte. Als Mutter mir diese Geschichte erzählte, beendete sie sie mit den Worten: «Und weißt du, sie hat so sauber genäht, dieses Mädchen, daß ich sie richtig dafür loben mußte, und da hat sie sich sehr gefreut und gesagt, sie hätte lange geschwankt, ob sie Ärztin oder Handarbeitslehrerin werden sollte. Da hatte ich also wirklich Glück.»

Nach diesem Ereignis beendete ich oft unsere Telefongespräche mit einem bittenden «Mach jetzt bloß nichts Gefährliches».

Die dänische Nete – Freundin von Mutter und Thora –, die mich zufällig hörte, sagte: «Sei froh, solange deine Mutter nicht auf die Idee kommt, sich ein Motorrad zu wünschen.»

Krank konnte man sie sich andererseits kaum vorstellen. Anfang der fünfziger Jahre hatte sie Gallenbeschwerden gehabt, doch der Schweizer Arzt, den sie aufsuchte, hatte sofort festgestellt, daß sie Hausfrau war, und gesagt, man operiere keine Person, die keine richtige Arbeit hätte. Aus Ärger hatte sie wohl ganz einfach beschlossen, gesund zu werden. In den sechziger Jahren wurde bei einer Blutuntersuchung festgestellt, daß sie Anämie hatte, und der Arzt fragte sie, ob sie sich müde fühle. «Nein», sagte sie, und Vater meinte seinerseits, wenn sie noch weniger müde wäre, als sie es jetzt war, wisse er sich bald nicht mehr zu helfen.

Tatsächlich erwies sich das Ergebnis der Blutprobe als Irrtum.

Gegen Ende der achtziger Jahre bekam Mutter eine Bronchitis, die sie vernachlässigte – sie war in Kiri und hatte Gäste und tat weiterhin das, was sie am liebsten tun wollte. Als die Bronchitis sich zu einer Lungenentzündung entwickelt hatte, lag sie tatsächlich mehrere Tage im Bett, ließ sich aber weiterhin von niemandem helfen: Sie war wie ein verwundetes Tier, das knurrte, sobald sich ihm jemand näherte.

Müde oder traurig zu sein war außerdem unter ihrer Würde. Weniger als vier Monate vor ihrem Tod war ich noch immer diejenige, die über Müdigkeit klagte. Sie hörte sich das an, überlegte und sagte: «Ja, ich weiß, ich hab selbst herausgefunden, daß ein Mittagsschläfchen manchmal ganz guttut.» Ich war sofort getröstet: Wenn sogar Mutter ab und zu das Bedürfnis hatte, sich auszuruhen, konnte es mit meiner Müdigkeit nicht so schlimm sein.

Sie hatte Angst davor, senil zu werden – und sie hatte Angst davor, hilflos zu werden. «Meine Kinder sollen mich wirklich nicht auf den Topf setzen müssen», sagte sie. «Da schwimme ich lieber von den Kiriklippen weit hinaus, oder ich schließe die Drosselklappe am Kachelofen zu früh.»

Drei Monate vor ihrem Tod berichtete sie, sie habe gerade die Grabpflege fürs Familiengrab für die nächsten zehn Jahre bezahlt. «Mir kam in den Sinn, daß ich vielleicht selbst da lande, bevor die Rechnung fällig ist. Es kann einem doch ein angenehmes Gefühl der Unabhängigkeit geben, wenn man unter Blumen und Sträuchern ruht, die man selbst bezahlt hat.» Sie scherzte, denn sie war bestimmt fest davon überzeugt, sie hätte noch mindestens zehn Jahre zu leben. Sie war überzeugt, sie würde sehr alt werden.

Das war ich auch.

Ich brauchte sie doch.

Das Tagebuch beginnt erst am 11. April – erst am 11. April habe ich begriffen, daß dies Tage waren, die man auskosten mußte. Als wären nicht alle Tage – – –

Aber zuvor war es so – ungefähr so:

6. April – «Wenn ich am Montag sowieso zu Seija gehe –»

«Ja, was?»

«Na ja, ich hab gedacht, ich erwähne mal dieses Ziehen auf der rechten Seite.»

«Willst du sagen, du hast Schmerzen?»

«Nein, natürlich keine *Schmerzen*, und ich würde auch nicht gleich zum Arzt rennen, aber da ich nun schon mal zu Seija gehe . . .»

8. April – Ich rufe sie abends an, als ich von der Universität zurück bin. «Was hat Seija gesagt?»

«Nun, sie meinte wohl auch, es sei ein Gallenstein, aber sie hat trotzdem empfohlen, ich soll mich mit Ultraschall untersuchen lassen – ja, vor allem wollte sie mir wohl endlich zeigen, wie schön sie es da haben auf ihrer Station.»

«Und?»

«Das haben sie dann gemacht, und es war wirklich interessant. Aber sie wollten, daß ich morgen wiederkomme.»

«Wieso denn?»

«Wegen irgendwelcher Proben, glaub ich. Du hattest heute doch deinen langen Unterrichtstag. Bist du müde?»

9. April – Als es an der Tür klingelt, stehe ich gerade vorm Spiegel und drehe mir Lockenwickler ins Haar: In einer knappen Stunde muß ich zum Studentenverband von Nyland, um die Festrede zum Jahrestag zu halten. Das ist mir wichtig – und das Wichtigste im Moment ist, daß meine Haare gut aussehen und daß ich rechtzeitig fertig werde. Sie bleibt an der Wohnungstür stehen. «Ich habe meine Schlüssel vergessen, als ich ausging», sagt sie. «Gibst du mir bitte die Reserveschlüssel?»

Die Reserveschlüssel hängen im Flur. Ich reiche sie ihr, aber sie bleibt stehen. Ich denke, ich könnte sie bitten, mein Kleid aufzubügeln, aber plötzlich kommt sie mir so klein vor. Auch ihre Stimme klingt kleiner als gewöhnlich. Ich zögere. «Komm doch herein, setz dich einen Moment», sage ich, nicht ohne das letzte Wort zu betonen. Sie tritt ein und setzt sich ins Wohnzimmer, aber direkt neben die Tür, und den Mantel läßt sie an.

«Ich muß mich operieren lassen», sagt sie. «Es ist irgendwas mit der Gallenblase. Nein, kein Gallenstein. Ich hab einen Bescheid bekommen, aber – ja, du weißt, das Ärztefinnisch. Ich denke, ich ruf Henry mal an –»

«Wenn du dich operieren läßt, dann – dann kommst du zu spät nach Kiri. Für die Frühjahrssaat, meine ich. Du wolltest doch gerade den Saab holen und –»

Sie richtet sich auf. «Oh, das schaff ich sicher noch rechtzeitig. Bist du nervös wegen heute abend? Kann ich dir mit irgendwas helfen?»

«Nein», sage ich. «Nein danke.»

10. April – «War es schön gestern?»

«Ja», sage ich und fange an zu erzählen. Schließlich frage ich: «Hast du Henry dann noch angerufen?»

«Ja, und Henry hat *funktioniert.*» Der Ausdruck stammt von Vater – für Vater waren die Menschen eingeteilt in solche, die funktionierten, und solche, die nicht funktionierten. Die meisten funktionierten nicht. «Henry war ganz fabelhaft», fährt sie fort. «Er ließ mich den Bescheid vorlesen, und dann hat er sofort mehrere Telefonate geführt. Morgen früh muß ich ins Mejlans-Krankenhaus, zur Mikroskopie, und dann soll ich einen Chirurgen und einen Röntgenarzt treffen.»

Sie klingt fast heiter, als sie das erzählt, und das stimmt auch mich heiterer. Doch als nachmittags eine Dame anruft und fragt, ob ich in ihrem Verein einen Vortrag halten will, sage ich: «Ich weiß nicht recht – meine Mutter ist krank –»

Das ist das erste Mal, daß ich diese Worte ausspreche: «Meine Mutter ist krank –» Es klingt so absurd, daß ich einen Protest von der Dame erwarte, statt dessen sagt sie: «Ich verstehe –»

Ich schreibe an Henry, um mich zu bedanken. Ich schreibe, wie sonderbar es sei, daß Mutter krank ist. Ich schreibe, daß es vielleicht nützlich wäre, sich frühzeitig an den Gedanken zu gewöhnen, daß nicht einmal sie unsterblich ist.

Und dann – dann beginnt das Tagebuch:

11. April – Sie hat versprochen anzurufen, aber als es schon Nachmittag geworden ist, ohne daß sie sich gemeldet hat, rufe ich an: «Nun?» Es dauert einen Augenblick, bevor sie antwortet: «Sie glauben, daß ich Krebs habe.»

«Glauben oder haben den Verdacht?»

«Glauben.»

Ich fange an zu weinen.

Jetzt ist sie irritiert. «Ja, das hab ich mir doch gedacht – daß es das schwerste sein würde, es dir zu erzählen.»

Ich höre auf zu weinen und frage, wie es im Krankenhaus war. Sie sagt, es sei gutgegangen, der Chirurg und der Röntgenarzt seien beide sehr freundlich gewesen, sie hätten gesagt, man könnte sie am nächsten Freitag einweisen und am folgenden Montag operieren. Sie betont, sie hätten ihr aus dem Mantel und in den Mantel geholfen.

«Was machst du denn jetzt?»

«Ich glaube, ich ruh mich ein Weilchen aus. Eigentlich sollte ich auf eine Beerdigung, aber ich habe beschlossen, daß es nicht sein muß.»

Ich bin allein zu Hause. Ich denke daran, daß auch sie allein zu Hause ist. Zwischen ihrer Wohnung in der Fredriksgatan und meiner hier in der Villagatan sind es knapp zwei Kilometer. Wie viele Male bin ich diesen Weg gegangen? Und wie viele Male ist sie ihn gegangen?

Und warum denke ich jetzt daran?

Als Manfred nach Hause kommt, sage ich: «Sie glauben, daß Mutter Krebs hat.» Er berührt mich, er nimmt mich in den Arm, aber ich bilde mir nicht ein, daß er mich trösten könnte. Er gottlob auch nicht. Am Abend kommt Martin aus Kopenhagen zu einem lange im voraus geplanten Wochenendbesuch. Manfred und ich holen ihn am Flugplatz ab. Er ist guter Laune, er parliert. Erst als wir schon fast in der Stadt sind, sage ich es ihm. Das letzte Stück im Taxi sitzen wir alle drei stumm da.

Mutter ist genau wie sonst, sie wirkt heiter. Sie sieht nicht krank aus. Vor allem sieht sie nicht krank aus. Sie zündet die Kerzen auf dem Eßtisch und auf dem Bücherregal an und serviert Tee. Neben Brot und Käse hat sie eine Schale mit verschiedenen Gemüsesorten gestellt: Gurke, Tomate und gelbe Paprika. Es ist sehr schön. Man sieht ihre Absicht, es schön zu machen.

Sie redet, sie fragt Martin nach seiner Arbeit, und allmählich fangen auch wir anderen an zu reden. Keiner sagt etwas von Krebs. Ich erinnere mich an ein Gefühl, das ich manchmal schon als Kind hatte, ein Gefühl, das ich mit Kerzen, weißen Tischtüchern und einer größeren Gesellschaft verbinde: das Gefühl, daß all das, was da ist, nicht von Dauer sein wird, daß es geradezu schon ein wenig unwirklich ist, weil es nicht von Dauer sein kann.

Es ist ein Gefühl, das Mutter schwer verstehen könnte. Sogar jetzt könnte sie es schwer verstehen.

12. April – Vaters Geburtstag – er wäre achtundsiebzig geworden. Er ist schon seit fünfzehn Jahren tot, aber erst jetzt fängt er an zu altern. Jedes Jahr sind Mutter und ich auf den Friedhof gegangen, heute ist auch Martin dabei. Gleich neben der Kapelle ist ein frisch ausgehobenes Grab. «Ich habe noch nie richtig gesehen, wie tief ein Grab ist», sagt Mutter. «Ich glaube, ich seh mal nach.» Ohne sich in acht zu nehmen, klettert sie den Erdhügel hoch, und als sie oben steht, zeichnet sie sich deutlich gegen den bleichen Himmel und die kahlen Bäume ab. Sie trägt einen schwarzen Mantel und einen schwarzen Hut. («Für ältere Damen ist es gut, einen Hut zu tragen, dann wird man sozusagen eher ernst genommen», sagt sie oft. Auf ihre älteren Tage hat es sie geärgert, daß ein alter Mensch in den Augen anderer Personen Gefahr läuft, jede

Eigenart zu verlieren und keine andere Identität zu besitzen als eben diese: alt zu sein. Sie, die so gern diskutiert, die sich so gern zur Diskussion herausfordern läßt, hat immer öfter den Eindruck, andere Menschen würden ihr mit Nachsicht begegnen, ihr nicht Rede und Antwort stehen, sondern denken: «Laß die Alte doch reden.») Ich sehe sie an, wie sie da oben auf dem Erdhügel steht, lasse bewußt das Bild sich in die Netzhaut brennen. Als sie nach einer knappen Minute wieder herabklettert, sagt sie: «Es ist wohl ziemlich tief.»

Am Nachmittag ruft Ville an. Er hat Osterferien, er ist zum erstenmal in seinem Leben in New York und hat viel zu erzählen, aber nach einer Weile fragt er: «Wie geht es Großmama? Ich habe neulich nacht von ihr geträumt –»

«Was hast du geträumt?»

«Ach, ich hab geträumt, wir sind irgendwo zusammen, Großmama und ich, und sie hat gesagt: ‹Ich KANN, ich KANN› – aber ich wußte, daß sie nicht konnte, und ich bin in Panik aufgewacht.»

«Die Ärzte glauben, daß Großmama Krebs hat», sage ich.

13. April – Zusammen mit Annlis fahren Mutter und Martin hinaus nach Kiri, um den Saab zu holen, der dort den Winter überstanden hat. Sie nehmen Annlis' Wagen, aber damit der Tag verläuft wie geplant, möchte Mutter nicht, daß Annlis von ihrer Krankheit erfährt. Abends kommen alle drei zum Essen hierher. Annlis kommt als erste. Sie hätten so schönes Wetter gehabt in Kiri, erzählt sie, und sie seien natürlich hinunter zum Strand gegangen, und dann hätten sie in der Sonne gesessen. Manfred und ich schweigen. «Die Ärzte glauben, daß sie Krebs hat», sage ich schließlich.

«Brustkrebs?» fragt Annlis.

«Nein, Krebs in der Gallenblase.»

In diesem Moment treffen die beiden anderen ein. Mutter plaudert, sie wirkt heiter, und allmählich beginnen auch wir anderen ein Gespräch. Von Krebs ist nicht die Rede.

14. April – In Sonne und Wind gehen wir einmal rund um den Brunnsparken. Als wir unten am Wasser stehen, hakt Mutter mich unter und sagt: «Ich habe keine Angst.»

15. April – Erst kürzlich haben Mutter und ich davon gesprochen, was geschehen würde, wenn wir in ein Konzentrationslager gerieten.

«Ich würde versuchen, einen Tunnel zu graben und zu fliehen», sagte Mutter.

«Ich würde mich hinlegen und sterben», sagte ich.

«Nie im Leben», sagte Mutter. «Ich würde dich mit nach draußen ziehen.»

Nun habe ich bereits von vielen Seiten gehört: Krebs ist kein Todesurteil. Aber warum spricht Mutter nicht davon, daß sie kämpfen will, sondern nur davon, daß sie keine Angst hat?

Gleichzeitig denke ich: «Wenn ich da drüben über die Straße komme, bevor die Ampel rot wird, dann hat sie überhaupt nicht Krebs, wenn ich nicht auf die Streifen trete, wenn –»

Oder: «Wenn man auf das Schlimmste gefaßt ist, dann wird es nicht zum Schlimmsten kommen.»

16. April – Ich habe Besuch von einer Bekannten aus Schweden, die von ihrem Leben, ihrer Arbeit, ihrem neuen Mann erzählt.

«Und wie geht es dir?» fragt sie.

«Bei meiner Mutter besteht Verdacht auf Krebs», sage ich.

«Nun, sie ist doch schließlich *alt*.»

Und dann erzählt sie weiter von allem, was sie gerade beschäftigt. Während sie erzählt, denke ich trotzig: «Nein, Mutter ist nicht alt. Sie ist älter als Vater war, als er starb, sie ist erheblich älter als Manfreds Mutter, die wenige Jahre nach dem Krieg erkrankte, gerade als die Familie nach der Flucht aus Hitlers Europa in Curaçao zur Ruhe gekommen war, und die noch keine achtundvierzig war, als sie starb.

Aber Mutter ist nicht *alt*.»

17. April – Morgen fahre ich nach Åbo, um eine Vorlesung zu halten. Eigentlich freue ich mich darauf – wenn ich vortrage, kann ich für den Moment vergessen, daß Mutter krank ist, sobald ich in mein Thema einsteige, erweitert sich meine Welt. Aber wenn ich morgen aus Åbo zurückkomme, ist Mutter schon im Krankenhaus, also vereinbaren wir, daß ich sie heute abend besuche.

«Gibt es irgend etwas, womit ich dir helfen kann?» frage ich.

«Nein, das einzige, was ich vorhabe, ist, mir einen schönen Morgenmantel zu kaufen.»

«Aber kann ich den nicht für dich kaufen?»

Sie zögert. «Doch», sagt sie dann. «Danke schön.» Sie klingt wie die Mutter von kleinen Kindern, die diese beim Brötchenbakken mithelfen läßt, obwohl es viel einfacher wäre, allein zu backen.

Im Laden wähle ich lange unter den Morgenmänteln. Als ich mich schließlich für einen aus hellblauem Frottee entschieden habe, bekomme ich große Angst, er könnte ihr nicht gefallen. Dabei weiß ich ja: Falls sie ihn nicht mag, würde sie nichts sagen. Als ich komme, hat sie wieder Tee, Brot, Käse, Gemüse und Obst aufgetischt. Sie erzählt, daß sie ihre Sommernachbarin Karin besucht hat. «Karin muß sich an der Hüfte operieren lassen, und wir hatten ausgemacht, daß ich sie ins Krankenhaus bringe. Jetzt mußte ich ihr sagen, daß ich selbst operiert werde. Stell dir vor, ich glaube, das hat sie fast ein bißchen belebt – daß sogar ich krank werden kann.»

Als wir am Tisch sitzen, lasse ich meinen Blick über ihre Möbel wandern. Ich denke daran, daß es nur ihre Persönlichkeit ist, die sie zusammenhält, die ein Zuhause daraus macht. Einen Augenblick ist mir, als würden sie schon anfangen auseinanderzugleiten.

«Ich habe mir eine Patientenverfügung besorgt», sagt sie, «du weißt schon, so ein Formular, wo man unterschreibt, daß man nicht künstlich am Leben erhalten werden will. Es war gar nicht so einfach, da ranzukommen, aber es gibt eine Dame im Büro der Martha-Organisation, die ich öfter mal anrufe, weil sie alles über Fleckenentfernung und solche Dinge weiß. Ich dachte, sie würde bestimmt auch darüber etwas wissen, und tatsächlich, so war es.»

19. April – Ich rufe sie frühmorgens aus Åbo an. Ich habe kein Telefon im Zimmer, muß mich also mit einem Münzapparat abplagen. «Ich habe gerade meinen kleinen Koffer gepackt», sagt sie. «Du solltest übrigens sehen, wie fein ich zurechtgemacht bin – gestern war ich bei der Maniküre und Pediküre. Ich bin ja noch nie operiert worden, und ich finde, es ist wichtig, hübsch auszusehen. Eigentlich ist das Ganze richtig spannend.»

Auf dem Heimweg von Åbo sehe ich durchs Busfenster das Mejlans-Krankenhaus schemenhaft auftauchen. Es türmt sich im Schneegestöber auf und leuchtet mit kaltem Licht. Irgendwo da drin, irgendwo da drin...

20. April – Um eins, als die Besuchszeit im Mejlans anfängt, bestelle ich ein Taxi. «Also, ich hab noch nie jemanden im Krankenhaus besuchen müssen», sagt der Taxifahrer. Ich betrachte sein junges, glattes Gesicht und denke: «Das kommt schon noch, falls du am Leben bleibst.» Dann redet er über das Länderspiel zwischen Schweden und Finnland. Was für ein Länderspiel?

In der Eingangshalle des Krankenhauses befällt mich Panik, es ist, als hätte ich mich schon verirrt, bevor ich überhaupt den Versuch gemacht habe, mich zu orientieren. Tatsächlich muß man nur den Schildern folgen: Station 62, Zweite Chirurgische Klinik, ist im sechsten Stock. Mutter ist im Aufenthaltsraum und liest. Sie sitzt in einem Schaukelstuhl und hat die Füße auf einen anderen Stuhl gelegt. Man sieht, sie hat sich zurechtgefunden, es sich sogar bequem gemacht. Vielleicht hat sie gar nicht Krebs, schließlich hat keiner etwas Definitives gesagt...

Als ich eintrete, sieht sie auf, lächelt und legt Buch und Brille zur Seite. Unter dem blauen Frotteemorgenmantel trägt sie einen himbeerfarbenen Pyjama. Nachdem ich sie umarmt habe, deutet sie auf den Pyjama und sagt mit einer Grimasse: «Ist er nicht häßlich?» Und wie um mich aufzumuntern, fügt sie hinzu: «Aber die Stationsschwester fand meinen Morgenmantel sehr schön...» Dann berichtet sie, sie habe den Aufzug bis zur obersten Etage genommen, wegen der Aussicht, und sie habe ein Trimmrad entdeckt. «Jemand hat behauptet, es würde nicht funktionieren, aber ich hab ja sofort herausgefunden, daß nur eine Schraube locker war.» Und Kopfstand könne sie immer noch.

«Aber als sie mich gestern bei der Aufnahme gemessen haben, war ich bloß einseinundsechzig.»

«Dann bist du wohl geschrumpft.»

«Ja, von einssiebenundsechzig.»

«Ja», sage ich, und nachdem wir ein Lächeln getauscht haben, frage ich: «Ist der Chirurg dagewesen?»

«Nein, und es wird auch nicht der Chirurg sein, den ich vor

zehn Tagen getroffen habe, sondern jemand anders – eine Frau, sagen die Schwestern. Aber jedenfalls war ein Arzt da, der gesagt hat, daß sie die Gallenblase entfernen wollen und ein Stück von der Leber.» Letzteres sagt sie ganz schnell, und dann fährt sie fort: «Hast du übrigens die Zeitung dabei? Ich muß unbedingt wissen, wie es mit der Regierungsbildung geht.»

21. April – Ich habe Zeitungen mitgebracht, und ich bin den ganzen Nachmittag bei ihr. Im Aufenthaltsraum läuft der Fernseher – noch immer ist Länderspiel, und ich begreife immer noch nicht, was für ein Länderspiel. Damit wir uns überhaupt unterhalten können, müssen wir uns in den Korridor setzen, gegenüber von den Lastenaufzügen. Sie sagt, Annlis, Auli V. und Auli H. hätten allesamt versprochen, nach Kiri zu kommen und ihr beim Kartoffellegen zu helfen. Sie gibt mir den Namen der Chirurgin. «Sie haben gesagt, die Operation dauert zwei Stunden, und dann kannst du der Chirurgin eine Ruhepause lassen, bevor du anrufst», sagt sie. «Übrigens bin ich froh, daß es eine Frau ist. Ich hab mir gedacht, weibliche Chirurgen sind vermutlich tüchtiger als männliche – sonst hätte man sie gar nicht Chirurgin werden lassen.» Und dann: «Ich würde gern ein Buch schreiben. Ich meine: Ich hätte gern ein Buch geschrieben. Es hätte heißen sollen *Verheiratet mit dem AA.*»

«Mir ist nie ganz klargeworden, ob es schwer für dich war – mit dem Auswärtigen Amt verheiratet zu sein?»

«Nein, das war nicht schwer. Es war nur so – na ja, man hätte auch soviel anderes machen können.»

«Vielleicht wirst du das Buch noch schreiben –»

«Nein», sagt sie mit Nachdruck, fast heftig. «Nein. Und außerdem: Es wäre bestimmt kein gutes Buch geworden. Aber vielleicht wirst *du* –»

«Ich würde gern einmal über dich schreiben. Darf ich das?»

«Ich freu mich, wenn du schreibst.»

Abends ruft sie an und wünscht mir gute Nacht. Nein, einen Chirurgen hat sie immer noch nicht gesehen, aber sie sagt, ich soll gut schlafen, denn das wird sie auch tun, und ich soll keine Angst haben.

22. April – Den ganzen Morgen denke ich so intensiv an sie, daß es schließlich ist, als befände ich mich in ihrem Körper. Obwohl ich nie Yoga gelernt habe, versuche ich, für sie zu atmen, konzentriere mich auf ihren Atem. Um zwölf Uhr rufe ich an und erreiche die Chirurgin fast unverzüglich. Sie hat eine helle Mädchenstimme. In dem Zustand, in dem ich mich jetzt befinde, wird jeder Tonfall verstärkt, und ich meine zu merken, daß sie befangen klingt, sobald ich mich gemeldet habe. Ich bilde mir ein, es läge daran, daß ich Schwedisch spreche, daher entschuldige ich mich für mein schlechtes Finnisch und wechsele zu Englisch über. Ich frage nach Mutter, und etwas zögernd sagt sie: «Ja, ich habe Ihre Mutter operiert.»

Ich warte, aber sie ist verstummt, also muß ich fragen: «Wie sieht es aus?»

«Es ist sehr ernst. Der Krebs hat sich bis in die Leber und in die Därme ausgebreitet. Wir haben die Gallenblase entfernt, aber viel mehr konnten wir nicht tun.»

«Und die Prognose?»

«Ihre Mutter hat noch zwischen zwei Monaten und einem Jahr zu leben.»

«Danke», sage ich. Ich stelle mir vor, Mutter würde wünschen, daß ich mich bedanke. Und ich füge hinzu: «Es kann nicht schön sein, schlechte Nachrichten zu überbringen.»

Dann ist das Gespräch beendet. Ich denke, ich würde jetzt gern zu Mutter laufen und mich trösten lassen. Dann fällt mir ein, daß ich mich vorhin als Merete Schreck vorgestellt habe, zum erstenmal seit zwanzig Jahren. In diesem Moment klingelt das Telefon. Es ist ein Mann, den ich nicht kenne und dessen Name ich nicht verstehe, vom Feuilleton des *Svenska Dagbladet*. «Die Rezension, die Sie uns gefaxt haben, ist in einem unleserlichen Zustand angekommen», sagt er. «Wenn Sie so nett sein würden, sie noch mal zu faxen.»

«Ja», sage ich aus meinem großen Unwirklichkeitsgefühl heraus. «Es ist nur so, meine Mutter wird sterben.»

Als ich endlich wieder bei Mutter bin, steht eine Schwester an ihrem Bett und macht ihr den Tropf zurecht. Das erste, was ich Mutter sagen höre, ist: «Entschuldigung, daß ich so schlecht Finnisch spreche – ich hab zwar ein Wörterbuch dabei, aber im Moment hab ich nicht die Kraft, es aufzuschlagen.»

Zu mir sagt sie: «Als man mich in den Operationssaal geschoben hat, dachte ich an all die Menschen, die mir gute Gedanken schickten. Ich versuchte, ihre Gedanken um mich zu versammeln, wie Wärme.»

«Ich hab versucht, für dich zu atmen.»

«Das hat bestimmt geholfen.» Sie lächelt. Nicht einmal jetzt finde ich, daß sie krank aussieht. «Weißt du, ich hab mir gedacht, die Narkose würde mir vielleicht ein paar interessante Träume schenken, aber so war es nicht.» Das war so typisch für sie, daß ich lächeln mußte.

«Ziemlich anspruchsvoll.»

«Meinst du?» Sie wirkt echt erstaunt.

Es ist gut, bei ihr zu sein, ich fühle mich getröstet. Dann fällt mein Blick auf das Schild an ihrem Fußende, und darauf steht Anna Schreck.

«Sie haben deinen Namen verstümmelt», sage ich.

«Tatsächlich? Na, ich muß vermutlich dankbar sein, daß sie sich nicht mit meiner Personenkennziffer begnügt haben. Soviel hab ich schon gelernt, als Patient braucht man eigentlich gar keinen Namen.»

23. April – Ich bin morgens wieder bei ihr, als die Visite vorbeikommt. Die Visite bleibt nur einen Augenblick an ihrem Bett stehen. Acht bis zehn Personen mustern sie vom Scheitel bis zur Sohle. Jemand – eine Frau – schielt zu mir hin und flüstert den anderen dann zu: «Das ist die Tochter.» Es ist, als hätten wir beide eine Prüfung nicht bestanden, Mutter und ich.

Als die Visite weitergegangen ist, sagt sie: «Die Operation hat nur eine Stunde gedauert – ich hab im Aufwachzimmer auf die Uhr geschaut. Sie konnten wohl nicht viel machen.»

«Nein», sage ich.

Ich sehe mich im Zimmer um. Im Bett nebenan sitzt eine ältere Dame und feilt sich die Nägel, und dabei redet und redet sie mit ihrer Nachbarin auf der anderen Seite. Sie klagt über das Krankenhausessen, sie berichtet ausführlich über ihre Verdauungsbeschwerden, sie erzählt von ihrem Mann, von Kindern und Enkeln, von Vettern und Cousinen und deren Kindern. Als die Nachbarin ihr nach einer Weile ziemlich demonstrativ den Rücken zuwendet, fängt sie statt dessen an zu telefonieren. Die vierte Patientin im Zimmer diskutiert mit einer Schwester über einen Illustriertenartikel.

Es ist eine Menge, was man sich anhören muß, während man zugleich die Erkenntnis zu verarbeiten hat, daß man sterben wird. In diesem Krankenhaus sind es offenbar nur die Ärzte, die schweigen.

Im selben Moment begreife ich, daß diese Erkenntnis für Mutter nicht neu ist. Sie hat es erheblich länger gewußt als ich: Das ist der Grund dafür, daß sie nie vom Kämpfen gesprochen hat.

Nachmittags hole ich ihre Post in der Fredriksgatan. «Lies mir bitte die Briefe vor», sagt sie und macht die Augen zu wie ein Kind, das auf seine Gutenachtgeschichte wartet. Ein Brief kommt aus Schweden von Vaters Kollege Axel, der letzten Herbst Witwer geworden ist. Axels Frau Elsa war eine von Mutters engsten Freundinnen. Er beschreibt, wo Elsas Urne beerdigt ist, er vermutet, daß Mutter jetzt den Umzug in ihr schönes Kiri vorbereitet, wo er und Elsa sie besucht haben, er wünscht ihr einen richtig schönen Sommer. Außerdem erzählt er, daß er im Begriff ist, wieder zu heiraten.

Mutter sieht einen Augenblick auf. «Es ist gut, daß Axel wieder heiratet. Alte Männer sollten nicht allein leben müssen.» Dann schließt sie die Augen wieder und legt ihre Hand in meine. «Es ist richtig schön, daß du hier sitzt, während ich schlafe.»

24. April – Gestern sagte eine Schwester, Ärzte würden mit Patienten nicht über ihre Prognose sprechen, es sei denn, der Patient fragt selbst danach. Aber wie in aller Welt soll der Patient die Chance haben zu fragen? Dazu müßte man ja gesund genug sein, um bei der Visite aus dem Bett aufzustehen und den Arzt am Schlafittchen zu packen. Und wer will außerdem vor einer ganzen Gesellschaft von wildfremden Personen Fragen auf Leben und Tod stellen?

Heute erscheint die Chirurgin tatsächlich – nachdem ich mit Martin in Kopenhagen telefoniert und ihn gebeten habe, sie anzurufen, männlich entschlossen zu sein, Finnisch zu sprechen. Ich erkenne sie – bei der Visite gestern war sie dabei, sie war diejenige, die nach mir geschielt und dann gesagt hat: «Das ist die

Tochter.» Sie ist ein paar Jahre jünger als ich, sie ist schön und, ja, es ist nicht zu ändern, aber mein erster Gedanke ist: «Sie sieht nicht aus wie eine Chirurgin.»

Zuerst sieht es so aus, als wolle sie stehenbleiben, aber ich habe einen Stuhl hingestellt, und nach sekundenlangem Zögern setzt sie sich. Ich setze mich auch, aber näher an die Tür, und mich durchfährt der Gedanke: «Ich schneide ihr den Fluchtweg ab.»

«Wie geht es Ihnen, Frau Doktor – ich meine, Frau Dozentin?» fragt Mutter.

Die Chirurgin wirkt etwas überrascht, versichert jedoch, es gehe ihr gut.

Mutter fährt rücksichtsvoll fort: «Es war wohl nicht sehr viel zu machen?»

Nein, das muß sie ja zugeben.

«Na, und was passiert jetzt mit mir?»

Die Chirurgin erklärt, sie könne sie zur Bestrahlung in eine andere Klinik überweisen lassen.

«Wird die Bestrahlung mir helfen?»

Nein, das glaubt die Chirurgin eigentlich nicht.

«Sie meinen, ich soll lieber nach Hause fahren und ein normales Leben führen, solange es eben geht?»

Dagegen hat die Chirurgin nichts einzuwenden.

«Darf ich essen und trinken, was ich will?»

Ja.

«Darf ich auch Wein trinken?»

Ja.

«Das klingt doch gut. Und – ja, ich habe ein Anwesen auf dem Land, wo ich manchmal Bäume fälle. Kann ich das weiter machen?»

Die Chirurgin wirkt wieder überrascht, meint aber, wenn Frau Schreck die Kraft dazu habe – Dann – ja, dann kommt nichts mehr. Mutter dankt ihr, ich erhebe mich, die Chirurgin zögert, erhebt sich dann aber auch und geht. Wir sitzen schweigend da, Mutter und ich, aber die anderen im Zimmer reden wild drauflos, im Moment dreht sich das Gespräch um verschiedene Sorten von Waschmitteln. «Was die reden», sagt Mutter. Eine Minute später kommt die Physiotherapeutin und zieht sie aus dem Bett, ich sehe, das es weh tut, aber ich sehe auch, daß Mutter wirklich aufstehen will.

Als ich nach Hause komme, begegne ich im Treppenhaus einer Nachbarin. «Die Hasen im Hinterhof haben Junge bekommen», berichtet sie.

25. April – Martin ruft an, wir sprechen über die Prognose. «Es ist ein großer Unterschied zwischen zwei Monaten und einem Jahr», sagt er.

«Ja», sage ich. «Ein Jahr ist eine lange Zeit.»

Ich habe wirklich das Gefühl, daß es eine lange Zeit ist: alle Jahrestage, alle Geburtstage und alle Feiertage. Vor allem noch ein Sommer auf Kiri, noch ein Weihnachtsfest.

Ville ruft an. «Wir dürfen nicht über Großmama sprechen, als wäre sie schon tot.»

Heute geht mir Mutter plötzlich entsetzlich auf die Nerven. Die Frau im Bett nebenan kommt auf dem Weg zum Telefon an ihrem Bett vorbei. «Ich rufe meinen Vater an», erklärt sie. «Er wird heute neunzig.» Als sie zurückkommt, sagt sie ausnahmsweise kein Wort, aber jetzt fragt Mutter sie statt dessen darüber aus, wie es ihrem Vater geht, ob er in einem Altersheim ist, wie viele Menschen es gibt, die ihn besuchen, wie er sich die Zeit vertreibt.

«Warum mußt du dich unbedingt mit ihr unterhalten?» zische ich hinterher. «Wo du sie doch eigentlich nicht ausstehen kannst?»

«Ich weiß nicht», sagt Mutter und sieht zugleich ratlos und irgendwie schuldbewußt aus. «Doch, natürlich weiß ich es – sie tut mir allmählich leid. Sie wird morgen entlassen, und ich hörte sie sagen, ihr Mann hätte für morgen abend seine Skatbrüder eingeladen – da sie wieder auf den Beinen ist und für sie kochen kann.» Dann wechselt sie das Thema. «Ich war heute duschen. Die Schwester – du weißt, diese rundliche, mit dem etwas zu dunklen Lippenstift – hat meine Narbe bewundert und gesagt, Chirurginnen würden viel eleganter nähen als ihre männlichen Kollegen.»

«Das war vielleicht eine Chirurgin, die sich nicht entscheiden konnte, ob sie Handarbeitslehrerin wird oder Ärztin.»

Wir lachen und dabei wird mir bewußt, daß dieser Moment des Ärgers mir gutgetan hat – es war ein Moment, in dem alles war wie gewöhnlich.

26. April – Meine Freundin Lena sagt: «Wenn man vom Mejlans-Krankenhaus entlassen ist und dann zu Kontrollen in die Poliklinik geht, trifft man jedesmal verschiedene Ärzte. Sie wissen nicht mehr über einen als das, was sie dem Krankenblatt entnehmen.»

Sie weiß Bescheid: Sie ist mit ihrem Mann, der Lungenkrebs hatte, da hingegangen. Jedesmal war es ein anderer Arzt, der sein Krankenblatt durchlas und dann sagte: «Sie sind schwer krank.» Mir wird allmählich klar, daß ich mich nach einem Arzt umsehen muß, zu dem Mutter hin und wieder gehen kann – einen, für den sie mehr ist als eine Personenkennziffer, einen, der es nicht peinlich findet, daß sie sterben wird. Freunde nennen verschiedene Namen – offenbar gibt es anständige Ärzte, Ärzte, die sich Zeit nehmen für ein Gespräch, Ärzte, für die es selbstverständlich ist, am Abend vor einer Operation am Bett ihrer Patienten zu sitzen und sich ihrer Unruhe anzunehmen, vielleicht etwas anderes und mehr in ihnen zu sehen als Patienten, indem sie etwas zu dem Buch sagen, das auf dem Nachttisch liegt. Ganz offensichtlich ist jedem, der gute Erfahrungen gemacht hat, sehr bewußt, daß er Glück gehabt hat. Ich suche einen dieser anständigen Ärzte auf, einen älteren Mann, der schon langsam in Pension geht, und er nimmt sich tatsächlich Zeit zu reden – eine ganze Stunde reden wir –, aber er empfiehlt das Terhoheim, das Hospiz des Eira-Krankenhauses. Mutter einem Hospiz zu übergeben, das klingt, als ob man sie den Engeln des Todes überließe oder wie wenn man einen Hund zum Einschläfern abliefert. Danach holt man sich Halsband und Leine und –

Zugleich ist der Krankenhausalltag wirklich Alltag geworden. Routine. Hier trinkt man Tee und ißt Käsebrote. Der Tod scheint weit entfernt. Die Schwestern werden einem allmählich vertraut: die rundliche Freundliche, die Junge, die immer mit ihrem langen schwarzen Zopf schlenkert und den Eindruck macht, als würde sie überlegen, wohin sie heute abend tanzen geht, die kleine Bleiche. Auch die Geräusche werden einem vertraut, nicht nur das Gerede, sondern auch das Geklapper der Holzschuhe, das Gerumpel der Teewagen. Es ist sonderbar, daß in einem Krankenhaus ein solcher Lärm herrschen muß. Als Vater im Sterben lag, war im Nebenzimmer ein Mann, der hin und wieder bittend sagte: «Laßt mich nach Hause fahren und eine Weile ausruhen – dann hab ich vielleicht die Kraft, wieder herzukommen.» Ich kann ihn recht gut verstehen.

Immer mehr von Mutters Freudinnen kommen sie jetzt besuchen. Annlis war schon mehrmals da, ebenso Auli H. und Auli V. und Seija. Heute abend kommt Salme. Sie helfen Mutter dabei, den Korridor entlangzuwandern, sie fassen sie unter, wenn sie geht, auf und ab, auf und ab. Sie geht langsam, und zum erstenmal in ihrem Leben achtet sie darauf, wohin sie ihre Füße setzt. Irgendwas stimme nicht mit ihrem linken Fuß, sagt sie, er wolle ihr nicht gehorchen. Bei der Visite hat sie versucht, über ihren Fuß zu sprechen, aber das schien keinen zu interessieren.

Abends sind Manfred und ich eingeladen. Wir bekommen gutes Essen, Schnaps und Wein, aber gerade als ich merke, daß meine Anspannung nachläßt, denke ich: «*Sie* kann sich nicht entspannen, sie liegt da eingesperrt in einen kranken Körper, einen Körper, der sie im Stich gelassen hat.»

Bestimmt muß es für sie, die sich in ihrem Körper immer so sicher gefühlt hat, so sein, als habe er sie im Stich gelassen?

Nachts träume ich, wir sind in Kiri. Sie sitzt mannhaft breitbeinig auf der Treppe und spült frisch geerntete Kartoffeln in einer roten Plastikwanne. Sie ist sehr sonnengebräunt.

27. April – Es ist schlimmer geworden mit dem Fuß. «Bei der Visite hab ich wieder versucht, es anzusprechen», sagt sie, als ich komme, «und als es wieder so war, daß keiner mir zuhörte, hab ich mich im Bett aufgebäumt und gebrüllt.»

«Was ist dann passiert?»

«Na ja, da mußten sie wenigstens stehenbleiben, und jemand hat gesagt, es handelt sich vermutlich entweder um einen Operationsschaden oder um einen leichten Schlaganfall. Sie haben gesagt, ich kann einen Stützstrumpf bekommen. Dann sind sie weitergegangen.»

«Also hat immer noch keiner den Fuß angesehen?»

«Nein.»

Ich streichle sie. Ich sage, ich werde mit Henry sprechen. Das Mädchen mit dem langen schwarzen Zopf kommt herein, und Mutter bittet um ein Glas Wasser. Das Mädchen deutet etwas zerstreut in Richtung Waschbecken.

«Ich kann doch nicht selber», ruft Mutter heftig aus.

«Aber Mutter», sage ich vorwurfsvoll. «Sie hat doch nicht dich gemeint – *ich* kann doch ...»

Da fängt Mutter an zu weinen. «Ich bin auf meinen eigenen Beinen in dieses Krankenhaus gekommen, ich konnte noch Kopfstand, als ich kam, und wenn ich in ein paar Tagen nach Hause darf, müßt ihr mich wohl zum Taxi tragen», sagt sie, und dann: «Du findest es wohl auch eine Lappalie, daß ich nicht gehen kann, wo ich sowieso sterben muß?»

Es ist erst das zweite Mal in meinem Leben, daß ich sie weinen sehe. Nein, es ist das erste Mal: Damals, als Andreas und Johan ertrunken waren, hatte sie sich im Bad eingeschlossen, um zu weinen, ich bekam nur zu sehen, daß sie geweint hatte.

Als ich nach Hause gehe, bin ich so erschöpft, daß ich mich an der Bushaltestelle hinsetzen muß. Hinter mir ist ein Plakat: Es ist eine Reklame für Hautcreme, und sie zeigt einen vollendeten jungen Frauenkörper, sehr sonnengebräunt. Jetzt bin ich es, die zu weinen anfängt, verzweifelt. Ich sitze eine ganze Weile so da, das Gesicht auf die Knie gedrückt. Auf einmal nimmt jemand meine Hand. Ich blicke auf und sehe, es ist eine ältere Frau, eine Frau in Mutters Alter, die mich an der Hand hält. Sie fragt nichts, und ich sage nichts, aber ich höre genauso plötzlich auf zu weinen, wie ich angefangen habe.

28. April – «Meine Mutter hat keine Angst vor dem Sterben, aber nicht mehr gehen zu können, das macht ihre große Angst», sage ich zu Henry. Er verspricht, morgen nach ihr zu sehen. Er sagt, ich solle bis dahin den Operationsbericht und die histologischen Ergebnisse kommen lassen. Ich probiere die Worte, ich spüre, er hat mir Worte gegeben, und Worte sind – auch in diesem Fall – ein Machtmittel.

Auf dem Weg zum Krankenhaus sammle ich mich, damit ich die Kraft habe, Mutters Verzweiflung entgegenzunehmen. Als ich eintrete, liegt sie ruhig da und liest Zeitung. «Ich habe versucht, mich in der neuen Regierung zu orientieren. Man wird ja doch alt, wenn der Ministerpräsident des Landes weit jünger ist als die eigenen Kinder.» Und dann: «Du siehst übrigens müde aus. Wie geht es mit deiner Arbeit?»

Ich habe keine Ahnung, was ich antworten soll, und so antworte ich nicht. Sie fährt fort: «Die Physiotherapeutin hat erzählt, sie hätten gestern im Kaffeeraum über mich diskutiert, nachdem ich bei der Visite so böse geworden bin. Jemand hätte gesagt: ‹Frau Schreck ist Dänin, deswegen hat sie ein so südländisches Temperament.›» Sie lacht, als sie das erzählt. Sie ist einfach blendender Laune. Sie erzählt, was die Physiotherapeutin von ihren Kindern erzählt hat. Sie erzählt von einer ihrer Freundinnen, die angerufen und gesagt hat: «In der Telefonzentrale konnten sie dich zuerst nicht im Computer finden, und da dachte ich schon, du wärst tot.» Sie erzählt, wer sie alles besucht hat. Eine ihrer Besucherinnen hatte Probleme mit ihrer Tochter, die allmählich ein Teenager wird. Eine andere hat Geld für ein Forschungsprojekt bekommen. Eine meiner Cousinen hat von ihrem Vater erzählt, der neunzig ist und in einem Altersheim wohnt, wo vorausgesetzt wird, daß man sich allein anziehen kann und an den gemeinsamen Mahlzeiten teilnimmt. «Das kann er nicht mehr so recht – oder vielleicht hält er das Ganze auch für einen Witz –, aber unter den anderen Alten gibt es jede Menge Damen, die ihn holen kommen und ihm beim Anziehen helfen. Offenbar finden sie, er hat noch was von einem Kavalier. Ja, alte Männer haben es bestimmt leichter als alte Frauen.» Und sie fährt fort: «Seija hat übrigens erzählt, daß ihr beide neulich abend in der Eingangshalle zusammengetroffen seid. Ich freu mich so, daß du Seija endlich kennengelernt hast – findest du sie nicht wunderbar?» Und dann: «Ich werde diesen verdammten Fuß schon noch trainieren, denn jetzt kann ich wieder Yoga machen.»

Ich versuche ihre gute Laune zu nutzen, um ihr vorzuschlagen, daß sie ihr Yoga vielleicht nicht nur dafür einsetzt, um stark zu werden, sondern auch, um ihre Schwäche zu akzeptieren.

«Freilich», sagt sie, aber ohne besondere Überzeugung, denn heute fühlt sie sich nicht schwach.

Es ist Sonntag, die Freunde strömen herbei, sie lösen sich an ihrem Bett ab oder sitzen da zu zweit oder zu dritt. Sie bringen Blumen mit oder Geschenke, die sie auspacken: Kassetten, Bücher, eine Flasche Wein, eine Flasche Rote-Bete-Saft aus dem Reformhaus. Es ist festlich wie an einem Feiertag. Jetzt sind keine anderen Patienten mehr im Zimmer, aber trotzdem wird es an

Mutters Bett manchmal zu eng, und dann setze ich mich in den Aufenthaltsraum. In dem Schaukelstuhl, in dem Mutter vor einer guten Woche saß, sitzt jetzt ein Mann im karierten Morgenmantel. Neben ihm seine Frau. Sie hat Hut und Mantel anbehalten, wie um zu markieren, daß sie nicht hierhergehört, daß sie nicht bleiben will. Sie berühren sich nicht, und keiner von beiden sagt ein Wort. Ihr Mund sieht aus wie zugenäht. Vermutlich wird der Mann morgen operiert.

29. April – Die ältere Frau an der Fleischtheke in meinem Supermarkt erzählt, daß sie eine schwere Erkältung gehabt hat, sie hat zehn Tage im Bett gelegen. «Ich war so schwach, daß ich nicht mal mehr Knäckebrot kauen konnte», sagt sie. «Es ist seltsam, daß der Mensch so schwach werden kann.»

Ich wünsche ihr gute Besserung. Als ich zu Mutter komme, ist sie empört um einer Mitpatientin willen: «Sie sollte heute morgen operiert werden und hat sämtliche Vorbereitungen absolviert, eine Beruhigungsspritze bekommen und wurde in den Operationssaal geschoben – und dann wurde sie wieder zurückgeschoben und bekam gesagt, sie könne für eine Woche nach Hause fahren, weil der Operationsplan umgeschmissen worden sei.» Nach einer kleinen Weile erscheint Henry, mit einer so saloppen Lederjacke bekleidet, daß die eine oder andere Schwester sich vermutlich besorgt fragt, was für ein Rabauke da außerhalb der Besuchszeit auftaucht. Er sieht sich die Unterlagen an, die ich habe kommen lassen, aber vor allem ist er der erste, der sich Mutters Fuß ansieht – ja, er besieht ihn und betastet ihn. Es ist offensichtlich, daß ihr das guttut. Aus dem Nichts taucht die Chirurgin auf. Mutter muß ein paarmal durchs Zimmer gehen, während Henry zusieht. Offenbar sind die ursächlichen Zusammenhänge noch unklar, aber die Chirurgin sagt, ein Physiater soll Mutter untersuchen, bevor sie morgen entlassen wird. Plötzlich ist sie ebenfalls interessiert, plötzlich ist Mutters Fuß wichtig. Wieviel hat das damit zu tun, daß Henry Professor ist, daß er bis vor kurzem Chefarzt der gesamten Universitätsklinik war?

Wenn wir Henry nicht gekannt hätten?

Für Mutter ist im Moment das Allerwichtigste, daß sie entlassen wird, daß sie nach Hause darf. Eifrig stellt sie eine Einkaufsliste für mich zusammen. Sie braucht Gummimatten für Bad und Toilette, und sie erklärt genau, wo sie zu kaufen sind. Sie will entrahmte Milch und Gemüse und Kaffee. Die Chirurgin hat ja gesagt, sie kann essen und trinken, was sie will, und jetzt hat sie Lust auf Kaffee bekommen.

«Ich war vorgestern bestimmt sehr schwierig. Es muß so eine Depression gewesen sein, wie man sie vier, fünf Tage nach einer Entbindung bekommen kann.»

30. April – Mutter sitzt fertig angezogen auf dem Bett, neben sich ihren kleinen Koffer, als Manfred und ich sie um zwei Uhr holen kommen. Sie sieht so aus, als hätte sie schon eine ganze Weile da gesessen. Sie sieht so aus, als säße sie in einem Hotelfoyer oder auf einem Flugplatz, gesammelt, zum Aufbruch bereit. «Es ist herrlich, wieder die eigenen Sachen anzuhaben», sagt sie. Sie hatte bestimmt vorher nicht geahnt, daß man im Krankenhaus zusammen mit den Kleidern auch seine Menschenwürde abgibt.

Draußen an der Glaskabine des Personals bekomme ich die Krankenhausrechnung, eine Patientenkarte und Termine für die Poliklinik – einen Termin fürs Labor, einen für die Nachuntersuchung – und zwei Rezepte: eines für ein Schmerzmittel und eines für Schlaftabletten. Da ist ein Arzt, den ich noch nicht kenne, ein blonder, dünnhaariger Mann, der Physiater, wie sich herausstellt.

Ich sage zu ihm das gleiche, was ich zu Henry gesagt habe: «Meine Mutter hat keine Angst vor dem Sterben, aber nicht mehr gehen zu können, das macht ihr große Angst.»

Freundlich, aber gemessen antwortet er: «Frau Schrecks Fuß hat sich erheblich gebessert.»

Warum zum Teufel gibt es keinen Arzt, der zugeben will, daß der Tod existiert? Man kann ja verstehen, daß es peinlich ist, wenn jemand im Hotel stirbt, aber im Krankenhaus? Es ist, als hätten die Ärzte vergessen, daß der Tod nicht nur existiert, sondern daß er tatsächlich hundertprozentig ist.

Auch bei uns, auch hier in Finnland.

Auf Manfreds Arm gestützt, geht Mutter zum Aufzug, muß sich aber erst eine Weile hinsetzen, bevor wir hinunterfahren. In der Eingangshalle setzt sie sich wieder hin, während wir ein Taxi bestellen. Einen Augenblick lang befällt mich Panik. Wie eine

Fünfjährige möchte ich brüllen. «Mama, warum kannst du nicht sein wie sonst?» Dann versuche ich mir vorzustellen, was sie denkt: daß sie vor elf Tagen mit aufrechtem Gang und auf eigenen Beinen hergekommen ist, daß ihr Krebs sich als inoperabel erwiesen hat, daß sie aber möglicherweise wegen eines Operationsschadens jetzt gestützt werden muß. Wir schweigen alle, bis wir im Taxi sitzen. Da sieht sie in das bleiche Licht hinaus und sagt: «Es ist wohl doch ein bißchen Frühling.»

Als wir in der Fredriksgatan sind, bringe ich sie hinauf. Ich darf eine Weile bleiben, aber sie will keine Hilfe beim Zubettgehen: Sie hat das Bett selbst frisch bezogen, bevor sie ins Krankenhaus ging. Es sind Briefe von Freunden gekommen, die wissen, daß sie krank ist, aber nicht die Möglichkeit hatten, sie zu besuchen. Barbara schreibt, wie froh sie über den Yogaunterricht ist, den sie noch hat bekommen können: «Die Blumen in den kleinen Zinnkrügen auf dem Teppich, das beruhigende Ticken der Standuhr und die Plauderstündchen beim Tee vergesse ich nicht. Also: Danke für alles, was Du gegeben hast – es ist viel – und es wird bleiben! Ich versuche von meinem Platz aus ermutigende Kreise bis zu Dir hin zu verbreiten, vielleicht ist es ein wenig zu spüren, obwohl meine Konzentrationsfähigkeit noch nicht ganz zuverlässig ist. Kreise der Hoffnung und einer positiven Einstellung zum Leben, unabhängig von seiner Unberechenbarkeit.» Tua schreibt: «Ich denke an Deine Großzügigkeit, Deinen außergewöhnlichen Überschuß: Wenn ich mit Dir geredet habe, fühle ich mich jedesmal ein bißchen fröhlicher, ein bißchen freimütiger. Nach meiner Weltordnung sollst Du in Kiri sein, es soll Sommer sein, und damit basta.»

«Das ist ja, als bekäme man seinen eigenen Nachruf zu lesen», sagt Mutter. «Das ist wirklich nicht jedem vergönnt.» Und dann: «Jetzt solltest du gehen.»

Ich irre eine Weile planlos im Gedränge und im Festrausch des Walpurgisabends auf dem Mannerheimvägen umher. Ich stoße gegen Luftballons und erste Maiglöckchensträuße, und jemand tutet mir ins Ohr. Dann gehe ich hinauf zur Redaktion von *Hufvudstadsbladet*. Elsa wird pensioniert, es gibt einen Empfang in ihrem Zimmer in der Kulturredaktion. Elsa fragt nach Mutter. Wir stehen unter einer Traube von blauen Luftballons, und Elsa sagt: «Es kann leichter sein, wenn man das Morphium oral verabreicht.»

Abends haben Manfred und ich Gäste zum Essen: Gösta und Johanna. Sie kennen Mutter nicht, und es tut gut, von etwas anderem zu sprechen. Kurz vor dem Aufbruch zieht Johanna etwas aus der Handtasche. «Ich habe immer eine Clownsnase in der Handtasche», sagt sie ruhig, während sie sie anprobiert. Die Clownsnase leuchtet rot.

Zur Nacht fahre ich wieder zu Mutter. Sie schläft, und ich rolle eine Matratze auf dem Fußboden im Wohnzimmer aus, hole Bettwäsche und lege mich hin. Ich höre sie atmen, ruhig und gleichmäßig. Auf einmal empfinde ich eine überwältigende Geborgenheit: «Ich bin bei meiner Mama...»

1. Mai – Als sie aufwacht, bin ich schon lange wach. «Hast du gut geschlafen?» fragt sie.

«Ja», sage ich, «und du?»

Sie scheint von der Frage überrascht. «Ich schlafe doch fast immer gut.»

Unser Morgen ist wie ein Sonntagmorgen auf Kiri – nur daß ich es bin, die Frühstück macht. Vor dem Frühstück übt sie lange und genüßlich Yoga. Ich sehe, daß sie einen knallroten Trikotpyjama angezogen hat, und ich sehe, daß sie sich wieder in ihrem Körper wohl fühlt. Sie dehnt sich wie eine Katze. Sie badet, und die Wohnung duftet nach Badeöl – nach Badeöl und nach Kaffee. Auf ihrem Schreibtisch liegen ein paar Zeitungsartikel über Gartenpflege, am Datum sehe ich, daß sie sie wenige Tage vor ihrer Einweisung ins Krankenhaus ausgeschnitten hat. Als wir uns zu Tisch gesetzt haben, erzählt sie, die Physiotherapeutin im Mejlans habe ihr dafür gedankt, daß sie die Kraft hatte, hartnäckig zu sein und sich zu beschweren. «Ich habe ihr geantwortet, es sei vielleicht einfacher für mich, die nicht so schrecklich krank war...»

Ich erzähle von Johannas Clownsnase. «Ich glaube, so eine will ich auch», sagt sie. Zwischen uns auf dem Eßtisch steht eine Silberschale, in der sie Steine aus aller Welt gesammelt hat. Sie nimmt einen Stein heraus, hält ihn in der Hand, streichelt ihn. Dann reicht sie ihn mir. Er ist rund, glatt, mit einem rötlichen Schimmer. Als ich ihn behutsam in die Schale zurücklege, sehe ich, daß zwischen den Steinen etwas sprießt: ein kleiner grüner Schößling. Sie hat ihn schon gesehen. «Das ist gut», sagt sie nur.

Ich erzähle, daß Manfred und ich zu einem Ersten-Mai-Lunch gehen wollen. Auch das findet sie gut.

Als ich nach Hause spaziere, merke ich, daß ich fröhlich bin – das war schon so lange nicht mehr der Fall, daß ich fast vergessen habe, wie es sich anfühlt. Kaum bin ich zur Tür herein, umarme ich Manfred und rufe aus: «Ich freue mich so, mit dir auf das Fest zu gehen.» Er macht ein überraschtes Gesicht, und ich denke, daß dies alles auch für ihn schwer ist – vor allem muß es schwer für ihn sein, daß er mich nicht fröhlich machen kann.

Wenige Minuten später ruft Henry an. Er macht keine Umstände: «Die Prognose ist eher noch beschissener, als wir angenommen haben», beginnt er. Er hat sich jetzt ein wenig kundig gemacht über Geschwülste, die von der Gallenblase ausgehen. Sie sind nicht nur ungewöhnlich – er mußte eine ganze Weile am Computer sitzen, um relevante Artikel ausfindig zu machen –, sondern auch ungewöhnlich aggressiv, sie werden fast ausnahmslos spät entdeckt, und die Zeit, die Mutter noch bleibt, liegt vermutlich sehr viel näher bei zwei Monaten als bei einem Jahr. Außerdem gibt es eine Reihe von möglichen Komplikationen, die Gallengänge können sich beispielsweise verschließen, und dann muß man den Patienten im allgemeinen wieder aufmachen oder mit einem Endoskop, einem langen, biegsamen Rohr, einen Ring einsetzen. Sollte Mutter gelb werden, wäre das ein Zeichen dafür, daß ihre Gallengänge verschlossen sind, dieser Zustand heiße Ikterus, sagt Henry.

Wir sind sehr schweigsam, als wir uns zum Ausgehen fertig machen, und auch auf dem Fest sind wir schweigsam. Jemand stimmt an: «Wenn du meinst, das Grab ist dir zu tief –» Und während die anderen singen, sehe ich Mutter auf dem Friedhof vor mir, an Vaters Geburtstag. Nein, ihr war das Grab wohl nicht zu tief –

2. Mai – Ich spreche mit meiner Freundin Birgitta, deren Vater Prostatakrebs hat. Er ist über achtzig, und ich denke: «Na ja, er ist doch *alt* ...» Im selben Moment weiß ich: Das ist kein Einwand.

Abends sagt Mutter: «Schon als ich das erste Mal im Mejlans war, haben der Röntgenarzt und der Chirurg gesagt, daß ich Krebs habe. Als ich fragte, ob ich noch auf ein paar gute Jahre hoffen könnte, haben sie weggesehen und geantwortet: ‹Es sieht nicht so aus.› Aber, wie gesagt, sie waren sehr freundlich, sie halfen mir mit dem Mantel. Jetzt zu sterben, das ist am ehesten ein Gefühl, als müßte man von einem Fest ein bißchen früher heimgehen als gedacht, aber es ist ja ein Trost, daß es schön war, solange es währte – und daß alle anderen früher oder später auch heimgehen müssen.»

«Du bist nie gern früh von einem Fest heimgegangen», sage ich.

Sie lächelt. «Nein, aber es ist ja möglich, daß es für dich am schlimmsten ist, die zurückbleibt.»

Daß es für mich am schlimmsten ist, weiß ich längst.

5. Mai – Martin ist an diesem Wochenende bei Mutter gewesen, Manfred und ich waren in Kopenhagen. Ich kann allmählich wieder schlafen, merke ich. Die letzten Wochen habe ich kaum gewagt einzuschlafen, weil es so schrecklich war aufzuwachen, schon an der Schwelle zum Bewußtsein von dem Wissen niedergeschlagen zu werden, wie es ist. Jetzt weiß ich, wie es ist, auch wenn ich schlafe. Noch immer besteht aber die Vorstellung, es könne in einer anderen Umgebung anders sein. Als ich Mutter zum erstenmal von der Universität aus anrief, nachdem sie erfahren hatte, daß sie Krebs hat, dachte ich: «Vielleicht ist sie gar nicht krank, wenn ich von hier aus anrufe.» Als wir in Kopenhagen landeten, Manfred und ich, dachte ich: «Vielleicht ist Mutter gar nicht krank, wenn ich hier bin.» Es ist, als müsse eine Trauer sich langsam ausbreiten dürfen, auf eine Umgebung nach der anderen abfärben. Als wir wieder heimkamen, fragte Mutter: «Sind die Buchen dort schon ausgeschlagen?»

6. Mai – Villes Vater Silvester ruft aus England an. «Wenn es irgendwas nützt, daß ich komme, dann komme ich.» Wir sind seit fünfzehn Jahren geschieden. Im Hintergrund höre ich Villes zweijährige Halbschwester vor sich hin summen. Ich frage Silvester, was sie gerade macht. «Zuerst hat sie ihre Autos in einer langen Reihe aufgestellt», erzählt er, «dann hat sie gesagt: ‹Es ist Verkehrsstau, und während die Autos warten, singen sie.›»

Im August wird Miranda ein Geschwisterchen bekommen. Es tut gut zu denken, daß neue Menschen zur Welt kommen, wenn die Alten dem Ende zugehen.

7. Mai – Als ich schwanger war, war die Welt voll von lauter Frauen, die schwanger waren, und jetzt, da meine Mutter krank ist, ist die Welt voller Mütter – oder Väter –, die krank sind. Es gibt viele, die das Bedürfnis haben, ihre Geschichte zu erzählen, die erleichtert darüber sind, daß sie bei mir ein Interesse voraussetzen können.

(Anscheinend kann man nur bei jemandem, der im selben Boot sitzt, ein Interesse voraussetzen, anscheinend gehören Krankheit und Tod sonst zu den Dingen, die man für sich behalten muß. Es gilt als bedeutend egozentrischer, wenn man über seine Erfahrungen mit Krankheit und Tod spricht als über ein Buch, das man gelesen hat.

Wie viele Menschen haben nie Gelegenheit, davon zu erzählen?)

Eine Frau erzählt, ihre Mutter habe kürzlich erfahren, daß sie Brustkrebs hat. Als sie auf dem Heimweg vom Doktor in der Elektrischen saß und hinter ihrer Sonnenbrille weinte, kam der Schaffner und ließ sie Strafe zahlen, weil sie vergessen hatte, ihre Fahrkarte zu stempeln.

Eine andere erzählt von ihrer Mutter, die schon lange schwächlich ist, jetzt aber im Altersheim nicht mehr zurechtkommt, sondern ins Krankenhaus gebracht wurde. «Manchmal bin ich so erschöpft, daß ich nur davon phantasiere, selbst im Krankenhaus zu bleiben und mich einfach bei ihr ins Nachbarbett zu legen.»

Ein Mann erzählt davon, wie er seinen Schwiegervater im Krankenhaus besucht hat. «Der Schwiegervater hat gesagt: ‹Ich habe solchen Durst, könntest du vielleicht eine Schwester bitten, daß sie mir etwas zu trinken bringt?› Aber die Schwester, an die der Schwiegersohn sich wandte, erwiderte: ‹Unser Computer zeigt, daß der Patient erst kürzlich etwas zu trinken bekommen hat.›»

8. Mai – Mutter hat einen Termin bei einem Arzt, den Annlis empfohlen hat, seine Praxis ist in der Diakonissenanstalt. Ich muß sie auf dem Weg hinunter zum Taxi stützen – der Fuß ist trotz ihres emsigen Trainings kein bißchen besser geworden. Als wir am Ziel sind und ich das Taxi bezahlen will, reicht sie mir ein paar Scheine und sagt mütterlich: «Laß mich doch beitragen ...»

Wiederum ein Moment heftiger Irritation: *Ich* bin es doch, verdammt noch mal, die *sie* zum Arzt bringt. Dann sehe ich ein, daß ich froh sein kann, weil sie sich keineswegs als Invalidin sieht: Für sie ist es ganz einfach ein Ausflug, den wir zusammen unternehmen. Der Arzt ist ein Mann mittleren Alters, vermutlich einige Jahre jünger als ich. Er ist Chirurg, er wirkt wie ein Mann der Tat, er beherrscht die moderne Technik, eine Patientin wie Mutter ist eigentlich nicht sein Fall, aber Angst vor dem Tod hat er nicht. Er sagt, Mutter müsse nicht mit schlimmen Schmerzen rechnen, doch wann immer es nötig sei, könne die Diakonissenanstalt sie aufnehmen. Er gibt uns die Nummer der Station, die wir kontaktieren sollen. Er erzählt von seinem Schwiegervater, der vor einem Jahr starb und fast durchgehend zu Haus gepflegt werden konnte.

«Aber er hatte vermutlich eine Frau?» fragt Mutter.

Ich sehe ihr an, daß sie daran denkt, wie es war, als Vater krank war – sie hat sich ihm rund um die Uhr gewidmet, ihn ständig gefragt, was er zu essen und zu trinken haben wollte, ich selbst erinnere mich noch daran, daß sie ihm vorlas oder stundenlang mit ihm Karten spielte, um ihn abzulenken, wenn er Schmerzen hatte.

Auch nachdem er operiert worden war und im Krankenhaus lag, saß sie von früh bis spät an seinem Bett, und wenn sie etwas essen wollte, mußte sie das heimlich tun, denn Vater fand es unfein von ihr zu essen, wenn er nicht essen konnte. Er hatte eine private Nachtschwester: Er hat wirklich Zeit gehabt, seine Krankheit zu planen, schließlich war er es gewöhnt, krank zu sein.

Mutter hingegen –

Der Arzt kann ja nicht wissen, woran Mutter denkt, aber er muß natürlich zugeben, daß sein Schwiegervater eine Frau hatte.

«Die Männer haben es immer leichter», sagt Mutter.

Als wir wieder auf die Straße hinauskommen, herrscht strahlender Sonnenschein. Wir haben es nicht eilig, nach Hause zu kommen, sondern spazieren ein Stück die Tölöbucht entlang – es geht gut, wenn sie sich auf mich stützen kann und wir uns hin und wieder auf eine Bank setzen.

Im vergangenen Jahr habe ich in verschiedenen Zusammenhängen über die Kultur der Langsamkeit gesprochen und geschrieben, daß wir uns Zeit lassen müssen, unsere Erlebnisse zu verdauen und die Eindrücke sich setzen zu lassen, daß wir Diskussionsthemen nicht aus Ungeduld und Sensationsgier abtun dürfen, bevor wir damit fertig sind. Aber auch dies ist die Kultur der Langsamkeit – vor allem dies ist die Kultur der Langsamkeit. Alles, was ich sehe, sehe ich sehr deutlich: das Sonnenglitzern im Wasser, die Möwen, die Birken, die ins Grünliche spielen, Mutters Hand, die noch braun ist und schwielig, eine richtige Arbeitshand.

«So sind die Bäume eigentlich am allerschönsten, wenn sie erst so viel ausgeschlagen sind, daß man noch deutlich das ganze Astwerk sieht», sagt sie.

Über Nacht braucht sie niemanden bei sich, und als sie gegen Abend anruft, sagt sie: «Es hat mir solchen Auftrieb gegeben, einen Arzt zu haben, den ich mag, und meine letzte Zeit ein bißchen in Ordnung gebracht zu haben, und da hab ich gleich einen ganzen Stapel alter Zeitungen weggeschafft und große Wäsche gemacht.»

Ich versuche auszurechnen, um wie viele Jahre jünger als ich dieser Arzt sein mag – ob er jung genug ist, um auch mir zu helfen, meine letzte Zeit ein bißchen in Ordnung zu bringen. Bei dem Durchschnittsalter, auf das wir in unserer Familie offenbar hoffen können, sollte das nicht ganz unmöglich sein.

9. Mai – Ich merke jetzt, daß der Ausdruck «An der Trauer teilnehmen» mehr sein kann als eine Phrase. Mutters Freundinnen rufen der Reihe nach an und fragen, was sie für Mutter tun können. Eine bietet an, mit ihr spazierenzugehen, eine andere, Lebensmittel zu kaufen. Mona formuliert, was offenbar viele empfinden: «Ich habe von Annamarie so viel bekommen, jetzt möchte ich gern versuchen, etwas zurückzugeben.»

Am Abend bin ich bei meiner Freundin Kerstin. Schon seit Jahren habe ich gedacht, die beiden müßten sich kennenlernen – sie ist nicht viel jünger als Mutter, ich habe mir immer vorgestellt, sie würden gegenseitig ihren Humor schätzen, ich habe der einen jeweils viel von der anderen erzählt. Jetzt wird mir klar, daß es vermutlich nie dazu kommen wird. Wir sprechen von der Zeit, als Krebs etwas war, worüber man nicht sprach; Kerstins Mutter ist an Lungenkrebs gestorben, als Kerstin noch ein Kind war, aber in der Familie hieß es lange, es sei eine Lungenentzündung gewesen. Vater nahm das Wort Krebs auch nicht gern in den Mund. Und in Todesanzeigen oder Nachrufen stand manchmal: «Niedergestreckt von einer schweren Krankheit.» («Jetzt fühle ich mich von einer schweren Krankheit niedergestreckt», sagte Ville kurz nach Vaters Tod, als er eines Morgens mit einem Schnupfen aufwachte und keine Lust hatte, zur Schule zu gehen.) Als Kind stellte ich mir den Krebs ganz buchstäblich vor. Ich stellte mir vor, wie er an den Eingeweiden des Kranken nagte oder mit seinen Scheren hineinkniff. Als Vater selbst Krebs bekam, hat Mutter es uns gesagt – lange wußte er nicht, daß wir es wußten. Er sprach auch nie davon, daß Menschen starben – er sagte nur, sie hätten ausgelitten oder seien von uns gegangen. Das Wort *ausgelitten* war mir immer unangenehm: Zuerst leidet man, dann hat man aus-gelitten. Vater selbst ist von uns gegangen, bevor er starb – er kehrte seinen Nächsten den Rücken zu und konzentrierte sich auf sich selbst. Vielleicht war das notwendig, aber für uns, die da saßen, war es auch verletzend zu merken, daß er nicht mehr interessiert war. Trotzdem wußten wir nicht, ob er wußte, daß er sterben würde – er hat nie davon gesprochen. Doch, am Ende vermuteten wir, daß er es wußte, denn eines Tages, als Mutter an seinem Bett saß und strickte, fragte er, was es werden sollte, und als sie antwortete, ein Pullover für ihn, schüttelte er leicht den Kopf und sagte, er brauche bestimmt keinen Pullover mehr. Aber wir hatten keine Ahnung, ob er eingeäschert werden wollte oder beerdigt – auch darauf konnten wir die Rede nicht bringen.

Wir nahmen an, er hätte Angst vor dem Tod und es wäre das beste für ihn zu sterben, ohne davon zu wissen.

Das tat er, und dann entschied sich Mutter für die Einäscherung.

Nach einiger Zeit bekamen wir ein Obduktionsprotokoll, aus dem hervorging, daß sein Herz ganz gesund war und sein Gehirn außerordentlich wenig verkalkt. «Wie schade, daß Vater das nicht lesen kann», sagte Mutter. Und sie erinnerte Martin daran, daß es höchste Zeit sei, den türkischen Teppich zu Vaters Chirurgen zu bringen, den er diesem bereits vor einigen Monaten vermacht hatte.

Jetzt wird Mutter sterben, aber wird sie auch von uns gehen, bevor sie stirbt?

Und was ist wohl aus dem Pullover geworden, den sie an Vaters Sterbebett gestrickt hat?

Und was hat Vaters Chirurg zu dem Teppich gesagt?

10. Mai – Sie hat einen Labortermin im Mejlans, und sie entscheidet, daß wir den Bus nehmen. Zum erstenmal in ihrem Leben hat sie Schwierigkeiten, bei Grün über die Straße zu kommen, und zum erstenmal in meinem Leben merke ich, wie ausschließlich die Stadt für diejenigen geplant ist, die jung und gesund sind. Die Stadt ist nicht für die Kultur der Langsamkeit gemacht. Es fällt ihr auch schwer, in den Bus zu steigen, aber als ich sie dann zu einem der Behindertenplätze direkt an der Tür führen will, schüttelt sie den Kopf und weigert sich, dort Platz zu nehmen. Ich habe noch nie richtig über das Wort *behindert* nachgedacht, aber bedeutet es nicht eigentlich *ungültig*?

Mutter will sich nicht für ungültig erklären lassen.

Nachdem ich sie wieder nach Hause gebracht habe, gehe ich aus, um etwas zu essen zu kaufen. Als ich aus dem Laden zurückkomme, steht sie vor dem Spiegel im Flur, betrachtet sich selbst und sagt: «Ich fühle mich so klein und alt und häßlich.» Dann streckt sie sich nach der Brieftasche und fragt sachlich: «Was bin ich dir schuldig?»

«Du mußt nicht zahlen. Schließlich werde ich dich bald beerben.»

Sie lacht – glücklicherweise lacht sie.

11. Mai – Die Wohnung in der Villagatan, die jetzt mir gehört, war Mutters erstes Zuhause in Finnland – hierher kam sie im Herbst 1944 als frisch Verheiratete. Besonders gemütlich kann es nicht gewesen sein. Mehrere Fenster waren kurz zuvor bei einem Fliegerangriff zu Bruch gegangen, und in einem der Zimmer wohnte Vaters siebzigjährige Tante, die meinte, Vaters dänische Frau sei eine der vielen unerfreulichen Folgen davon, daß er ins Auswärtige Amt eingetreten war, statt bei der Bank zu bleiben, bei der er als frischgebackener Magister seine erste Anstellung bekommen hatte. Im Laufe der Jahre hatte Mutter manchmal

gesagt: «Stell dir vor, ich würde eines Tages so alt und gebrechlich, daß ich dich nicht mehr besuchen könnte, weil du keinen Aufzug hast.»

Es hatte wie ein Scherz gewirkt – weder für mich noch für sie selbst war es vorstellbar gewesen, daß dieser Tag je kommen würde. Heute ist sie bei uns zum Mittagessen eingeladen, es ist Samstag, und wenn wir beide in der Stadt sind, haben wir immer gegen Ende der Woche bei ihr oder mir gegessen. Jetzt muß Manfred sie holen und ihr die Treppe hinaufhelfen, langsam, langsam. Als sie endlich da ist, genießt sie es aber offensichtlich, von zu Hause weg zu sein, Gast zu sein. Sie sieht sich um, als wäre ihr die Umgebung neu, sie betrachtet meine beiden Fotos von der finnischen Tante, eines als Studentin in einer nationalromantischen Landschaft, eines als junge Frau in einem schwarzen Kostüm und mit schwarzem Hut.

«Ich erinnere mich, wie die Tante eines Tages mit der Straßenbahn gefahren war», sagt sie. «Sie kam nach Hause und sagte: ‹Gegenüber von mir saßen zwei junge Mädchen und schauten mich mitleidig an. Ich bekam richtig Lust zu sagen, schaut ihr nur, denn so schön wie ich einmal war, werdet ihr nie sein.›» Nach einer kurzen Pause fährt sie fort: «Arme Tante, ich glaube, sie hatte keine Angst vorm Sterben, aber sie hatte entsetzliche Angst, man könnte sie lebendig begraben, und sie hatte verfügt, daß der Arzt, der ihren Tod feststellte, ihr die Pulsadern an den Handgelenken aufschneiden sollte, um ganz sicher zu sein.»

«*Hat* man ihr die Pulsadern aufgeschnitten?» frage ich.

«Ja, der Arzt, der sie sah, als sie gestorben war, war ein Verwandter und wußte, wie sie es haben wollte.»

In den letzten Lebensjahren der Tante hat Vater uns nicht einmal erlaubt, ihr die Hand zu geben – er glaubte, sie hätte Tuberkulose. Sie starb im Sommer 1959 allein in ihrer Wohnung, kurz bevor Vater zum erstenmal aus der Türkei nach Hause kam. Sie hatte am Leben bleiben wollen, bis er nach Hause kam. «Ich bin so müde, so müde, aber ich versuche noch durchzuhalten, bis ihr kommt», schrieb sie. An ein und demselben Tag bekam Vater zwei Telegramme: eines mit der Nachricht von seiner Versetzung, das andere mit der Nachricht vom Tod der Tante. Siebzehn Jahre später kam er aus der Türkei nach Hause, um selbst zu sterben.

Bei Tisch redet Mutter lebhaft. Sie erzählt, wie es war, mit dem Auswärtigen Amt verheiratet zu sein. Zuerst spricht sie von der Pekinger Zeit, von Maos Zeremonienmeister, der irgendwann in seiner Jugend Dänemark besucht hatte und noch einen Satz auf dänisch konnte: «Können Sie mir den Weg zum CVJM zeigen?»

«Erinnerst du sich, wie er auf der Schlittschuhbahn war?» fragt sie mich später.

«Damals, in den fünfziger Jahren, war er ja schon ein älterer Herr, aber er hatte sich in der Kopf gesetzt, Schlittschuh laufen zu lernen, und so kam er mehrmals in der Woche zur Schlittschuhbahn, rechts und links untergehakt von zwei dienstbaren Geistern, die ihn aufs Eis führten.»

Dann spricht sie von Indien, von ihrer Zeit dort und von indischen Bekannten, die fröhlich Whisky tranken und rauchten, obwohl sie Hindus waren, und zur Erklärung sagten: «Im *nächsten* Leben mach ich Schluß mit Rauchen und Trinken.»

Sie erzählt die Geschichte von Salmes Hund. In ihren Jahren als Botschaftergattin ließ Salme sich regelmäßig zum Einkaufen vom Chauffeur nach Old Delhi fahren. In einer der schmalen, schmutzigen Gassen dort erblickte sie eines Tages einen Welpen. Er folgte ihr und blickte anbetend zu ihr auf, aber sie kehrte ihm entschlossen den Rücken zu. Als sie das nächste Mal hinkam, war er wieder da – und beim nächstenmal wieder, und sie merkte, daß sie schon anfing, ihn ins Herz zu schließen. Eines Tages, als sie ihre Einkäufe erledigt hatte, befand sich der Welpe plötzlich direkt neben dem Auto, und als der Chauffeur die Tür aufmachte, sprang er hinein. Da meinte Salme, es müsse wohl so sein, daß sie ihn mitnahm und behielt. Er erwies sich als ein Hund von außerordentlich fügsamem, ja fast resigniertem Temperament. Als er nach einer Weile erkrankte und zum Tierarzt gebracht werden mußte, fand er sich mit allen Untersuchungen ab, ohne auch nur zu winseln, und der Tierarzt sagte: «Dieser Hund muß in seinem früheren Leben ein Mensch gewesen sein. Ein im Grunde guter Mensch, der irgendeine große Sünde begangen hat. Wegen dieser Sünde wurde er als Hund wiedergeboren – aber dank seiner Güte durfte er dann in die finnische Botschaft kommen.»

Wir lachen. «Glaubst du an Reinkarnation?»

Auf einmal wird sie ernst. «Ja», antwortet sie ruhig. Und nach einer kleinen Pause: «In Indien hab ich mir übrigens mal weissagen lassen.»

«Was hast du erfahren?»

«Ich habe erfahren, daß ich ganz gesund sein würde, bis ich siebzig bin, dann aber würde ich erkranken und die Fünfundsiebzig auf keinen Fall mehr erreichen.»

«Wie hast du darauf reagiert?»

«Ich dachte, siebzig ist sehr weit weg. Ich war ja in deinem Alter, und da dachte ich, siebzig wäre sehr weit weg. Und in späteren Jahren habe ich nicht daran geglaubt. Man glaubt ja nicht an Weissagungen.»

12. Mai – Wir haben beschlossen, Mutter und ich, daß wir ins Kino gehen und *Cyrano de Bergerac* ansehen. Ich hole sie ab, heute wirkt das Gesicht schärfer, und sie ist kurz angebunden, aber erst als wir im Dunkel des Zuschauerraums sitzen und der Film angefangen hat, begreife ich, daß sie Schmerzen hat. Sie sagt nichts, aber sie rückt ständig herum, zieht das Bein an, streckt es wieder aus.

«Willst du nach Hause?» frage ich.

«Nein.»

Keine von uns bekommt viel von dem Film mit, der ewig zu dauern scheint. Danach gehen wir zur Straßenbahnhaltestelle. Wir gehen schweigend, und sie stützt sich schwer auf mich. An der Haltestelle löst sie sich von mir und lehnt sich statt dessen gegen einen Pfahl. Erst jetzt sehe ich die Tränen, die ihre Wangen hinunterfließen, aber sie weint lautlos, und ich kann nicht wissen, wie lange sie schon weint. Noch immer sagt keine von uns ein Wort, und als ich unbeholfen versuche, den Arm um sie zu legen, entzieht sie sich. Während wir da stehen und warten, kommt ein Mann mit einem aufgeschlagenen Stadtplan auf mich zu.

«Können Sie mir den Weg zum Borgbacken zeigen?» fragt er auf deutsch.

Es fällt mir schwer, meinen Blick auf seinen Plan zu heften, ich will nur, daß er verschwindet, aber das tut er natürlich nicht, er ist Tourist, er ist in Helsinki, und jetzt will er zum Borgbacken.

Ich deute ein wenig aufs Geratewohl zuerst auf die Karte, dann auf eine Straßenbahn, der Deutsche verbeugt sich und zieht sich

Gott sei Dank endlich zurück. Im nächsten Moment wird mir klar, daß ich ihn in die falsche Richtung geschickt habe.

«Mir ist gerade eingefallen, daß heute Muttertag ist», sage ich im Aufzug in der Fredriksgatan.

«Aber wir haben doch nie Muttertag gefeiert», sagt Mutter.

«Nein», sage ich.

Als ich einige Stunden später durch die Fredriksgatan nach Hause gehe, sehe ich eine Taube, die wohl von einem Auto angefahren wurde. Sie schwankt und flattert hilflos mit den Flügeln und stößt immer wieder gegen die Kante des Trottoirs.

13. Mai – Heute ist es genau einen Monat her, seit Martin, Annlis und Mutter draußen in Kiri waren. Martin hat Fotos geschickt, die er an diesem Tag gemacht hat, und eines davon mag ich besonders gern: Mutter steht auf einer Klippe unten am Strand und späht hinaus aufs Wasser.

Auf die Rückseite schreibe ich jetzt: Kiri, den 13. April 1991. Ich meine, ich wüßte schon jetzt, wie es sein wird, es anzusehen – danach.

Manfred geht mit Mutter spazieren. Als er zurückkommt, berichtet er, sie habe fast nur von ihrem Fuß gesprochen, und in ihrer Ungeduld und Aufregung habe sie natürlich noch mehr Mühe mit dem Gehen gehabt als sonst.

Manfred erzählt das ruhig – Gott sei Dank ist er fast immer ruhig –, aber ich reagiere heftig, gekränkt: «Man bekommt Lust, sie anzuschreien: ‹Du hast vielleicht nur noch sechs Monate zu leben. Gibt es nichts anderes zu bedenken als diesen verdammten Fuß?›» – «Woran soll sie sonst denken? An die Zukunft?» fragt Manfred.

Wir beschließen, zum Essen auszugehen. Als wir da am Restauranttisch sitzen und bestellt haben, sagt Manfred: «Es muß doch was dran zu machen sein. Wenn es nun so ist, daß es ein kleiner Schlaganfall war –»

Ich fühle mich noch immer gekränkt. «Wenigstens für uns muß es noch andere Gesprächsthemen geben als Mutter», zische ich.

«Ja», stimmt Manfred zu.

Dann schweigen wir.

14. Mai – Als ich morgens anrufe, klingt ihre Stimme wieder fröhlicher, und ich spüre sofort, wie der Lebensmut zurückkehrt. Ich erinnere mich an einen Satz aus einem Morgengespräch vor etwa einem Jahr: «Na, aber du mußt doch verstehen, daß ich fröhlicher bin, wenn du vergnügt bist», hatte sie gesagt. Es war ein Gespräch, in dem ich wegen irgendwas herumgejammert hatte – weswegen? Was kann es damals zu jammern gegeben haben? –, und da merkte ich natürlich, daß ich sie betrübt hatte, und ich rief empört aus: «Ich bin es schließlich, die Probleme hat. Warum mußt *du* betrübt sein? Darf man nicht mal mehr jammern, ohne daß du gleich so klingst?» In diesem Moment hatte sie es gesagt: «Na, aber du mußt doch verstehen, daß ich fröhlicher bin, wenn du vergnügt bist.»

Ja, jetzt verstehe ich wirklich.

Gleichzeitig verstehe ich auch, daß sie es ist, die Probleme hat.

Zusammen fahren wir zur ärztlichen Kontrolle in die Poliklinik.

«Haben meine Bewegungsstörungen etwas mit dem Krebs zu tun?» fragt sie den Arzt.

«Das ist wohl eine eher akademische Frage», antwortet er. Dann gibt er ihr einen Termin, an dem sie sich zur Computertomographie einfinden kann, und einen anderen Termin, an dem sie sich einfinden kann, um das Ergebnis zu erfahren, und wir verstehen beide, daß man offenbar nicht allzu schlimme Bewegungsstörungen haben darf, damit man auch nur die Spur einer Chance hat zu erfahren, worauf sie beruhen.

Im Wartezimmer der Poliklinik haben wir es dagegen richtig gemütlich. Mutter verhält sich, als wäre sie in einem besseren Restaurant, sie sieht sich um und kommentiert die Einrichtung und die anderen Anwesenden. Besonders fasziniert ist sie von den Porträts ehemaliger Chirurgen. Sie bemerkt, viele von ihnen seien in einer modifizierten Napoleonpose abgebildet. Während wir herumgehen und sie betrachten und ihr Aussehen kommentieren und überlegen, inwieweit sie vertrauenerweckend wirken, werden wir beide immer aufgekratzter.

«Es wäre tatsächlich viel sinnvoller, wenn man Porträts von den aktiven Chirurgen aufhängen würde», sagt Mutter. «So würden die Patienten doch endlich ihren Chirurgen zu *sehen* bekommen.»

«Ja, oder man könnte noch einen Schritt weitergehen und die moderne Technik zu Hilfe nehmen: Man könnte kleine Videofilme herstellen, in denen die Patienten den Chirurgen in seiner Praxis sehen oder im Operationssaal oder, warum nicht, in seiner häuslichen Umgebung, mit Frau und Kindern. Vielleicht sogar im Segelboot –»

«Ja, und das alles, ohne daß es den Chirurgen selbst die geringste Mühe kostet.»

15. Mai – «Jetzt fühle ich mich manchmal schon erschöpft, wenn ich aufwache», sagt Mutter, als ich am Morgen anrufe, und an ihrem Tonfall merke ich, daß sie überrascht ist, daß es für sie eine neue Erfahrung ist. Dann fügt sie zuversichtlich hinzu: «Aber wenn auch der Körper mit jedem Tag schwächer wird, *ich* fühle mich ausgezeichnet.»

Als ich komme, liegt sie auf dem Bett. «Leg dich doch hier aufs andere Bett», schlägt sie vor. «Du kannst bestimmt auch eine Ruhepause gebrauchen.»

Als wir da nebeneinander auf den Betten liegen, fragt sie: «Welches ist deine Schlafseite?»

«Die rechte.»

«Meine auch.»

Dann betrachten wir unsere Füße und stellen fest, daß sie sich gleichen. «Aber du hast keinen Knubbel an der rechten großen Zehe», stellt sie fest. «Meine Mutter hatte einen und meine Großmutter auch.»

«Wie alt warst du, als du deinen bekamst?»

«Ungefähr fünfundvierzig.»

«Dann hab ich ja noch eine Chance – vermutlich bin ich nur ein Spätentwickler –»

In diesem Augenblick merke ich, daß ich unbedingt auch einen Knubbel haben will. Ich will nicht abgeschnitten sein vom Zusammenhang, von der Kontinuität.

Als ich schon im Aufbruch bin, fragt sie: «Wer wird sich wohl um dich kümmern, wenn du alt und krank bist?»

16. Mai – Es ist nicht mehr nur der Fuß, der – «Ich kann, ich kann», sagt sie, wenn sie ihre Schnürsenkel knoten will – aber

heute kann sie nicht. Als ich ihr etwas zu essen gemacht habe, muß ich es für sie kleinschneiden und lasse sie dann mit dem Löffel essen. Ich spüre, daß sie eigentlich nicht möchte, daß ich ihr beim Essen zusehe – ja, eigentlich will sie überhaupt nicht essen. Keine von uns hat besonders viel zu sagen.

Nach dem Essen spüle ich das Geschirr. Ich bin müde, Gläser und Teller gleiten zwischen meinen Händen durch, und beim Abtrocknen merke ich, daß die Gläser streifig werden, und wenn ich mich noch so mühe. Verärgert gehe ich zu Mutter hinein, die sich ins Wohnzimmer gesetzt hat. Sie liest nicht, sie sitzt einfach da.

«Warum muß es so schwierig sein, Kristallgläser blank zu bekommen?»

«Weißt du, am besten man spült sie in heißem Wasser und spült mit kaltem nach – dann braucht man sie eigentlich überhaupt nicht abzutrocknen.» Während sie mir das erklärt, bekommt ihre Stimme wieder Klang und Festigkeit. Als ich zum Abwasch zurückkehre, sehe ich, wie sie die Zeitung hervorholt.

Ein paar Stunden später treffe ich einen Bekannten, der fragt: «Was hast du in diesem Sommer vor?»

Richtig, es ist Mai, die Zeit, in der man seinen Sommer plant.

Ich antworte: «Ich weiß es nicht.»

Das stimmt: Ich weiß es nicht.

Etwas später sitze ich mit einer Freundin an einem Tisch im Café. «Was für eine Beziehung hast du zum Tod?» frage ich.

«Überhaupt keine.»

So sprechen wir statt dessen über Erotik.

17. Mai – Sie weint und sagt dann entschuldigend: «Ich weine nur, weil ich so erschöpft bin. Weißt du, allmählich verstehe ich, wie Vater sich fühlte, wenn er erschöpft war.»

Morgens rief sie nicht an wie üblich, und als ich sie anrief, hörte ich sofort, daß es ihr schlechter ging, obwohl sie sagte: «Laß dir Zeit mit dem Herkommen.» Wie sich zeigt, kommt sie ganz einfach nicht mehr ohne Hilfe aus dem Bett, und sie sagt: «Ihr müßt mich wohl ins Krankenhaus bringen –» Nachdem ich schon eine Weile bei ihr bin, erzählt sie immerhin vom vorhergehenden Abend: «Annlis und Salme waren zum Essen hier – Salme hatte chinesisches Essen mitgebracht, und Annlis deckte den Tisch, während ich auf einem Stuhl im Eßzimmer saß und sie dirigierte. Ich hatte die ganze Zeit Angst, Salme würde all diese Flaschen mit Rote-Bete-Saft finden, den ich nicht trinken mag. Ich meine: wenn Rotwein nun mal soviel besser schmeckt. Ja, und dann haben wir geredet – geredet und Geschichten erzählt, und –»

«Es muß ja wild zugegangen sein, wenn du heute so fertig bist», sage ich. Ich finde selbst, daß ich es scherzhaft sage – aber ihre Lippe fängt gleich wieder an zu zittern, und wie ein ganz kleines Mädchen stößt sie trotzig hervor: «Aber wenn es doch soviel Spaß gemacht hat –»

Später am Tag erscheint Auli H. mit Kiwis und Weintrauben. Eine meiner frühesten Erinnerungen kehrt zurück. Vater und ich besuchten Mutter nach Martins Geburt auf der Entbindungsstation in Kopenhagen. Wir brachten Weintrauben mit, und ich habe sie alle aufgegessen.

«Was ist das denn bloß?» soll ich gesagt haben, als Martin mir zum erstenmal vorgeführt wurde, aber ich erinnere mich überhaupt nicht an Martin – nur an die Weintrauben.

«Keine Geschwister raufen so viel wie ihr zwei», sagte Mutter sechs, sieben Jahre später. Wir waren immerzu eifersüchtig aufeinander und davon überzeugt, der andere hätte das größere Tortenstück bekommen, und am Weihnachtsabend haben wir uns mal so geprügelt, daß wir fast den Weihnachtsbaum umgestoßen hätten.

Abends kommt Martin gottlob wieder aus Kopenhagen. Mutter sagt befriedigt: «Ich habe mir gerade ausgerechnet, daß ich es mir bestimmt leisten kann, mehrere Monate in der Diakonissenanstalt zu liegen.» Auf dem Heimweg bleibt mein Blick am Schlagzeilenplakat einer Abendzeitung hängen: «Haben häßliche Frauen Chancen in der Politik?»

18. Mai – In den USA gibt es Menschen, die sich strikt weigern, den Tod zu akzeptieren. In den USA kann man sich einfrieren lassen, wenn man stirbt – oder vielleicht kurz davor? –, in der Hoffnung, daß die Wissenschaft späterer Zeiten einen wiedererwecken und heilen kann. In den USA gibt es Clubs für Menschen, die beschlossen haben, sich einfrieren zu lassen, damit sie später,

wenn sie wiedererweckt sind, einen Kreis von alten Bekannten antreffen.

Genausowenig wie Mutter Lust hat, Rote-Bete-Saft und Weizenextrakt zu trinken, genausowenig mag sie sich ernsthaft mit dem Material über den griechischen Arzt Doktor Alvizatos und sein Wunderserum beschäftigen, das eine Freundin ihr geschickt hat. (Doktor Alvizatos stirbt übrigens vor ihr, was sie sehr komisch findet.) Sie hat keine Angst vor dem Sterben, aber im Gegensatz zum Arzt in der Poliklinik hält sie es nicht für eine akademische Frage, woher ihre fortschreitende Lähmung rührt, und das tun wir anderen auch nicht. Jetzt ist für uns der Moment gekommen, das Terhoheim anzurufen. Nein, wir sind noch nicht reif dafür, Mutter in ein Hospiz zu bringen, aber anrufen kann man ja mal... Es ist Manfred, der anruft, er beschreibt Mutters Symptome, und die Ärztin meint, die Ursache können Geschwülste im Gehirn sein, und in diesem Fall wäre eine Cortison-Kur hilfreich für Mutter. Sie betont, das Cortison bedeute natürlich keine Behandlung der Krankheit, sondern nur eine Linderung der Symptome – der Druck aufs Gehirn läßt für eine Zeitlang nach. Aber genau das ist das Anliegen der Terhoklinik, die Linderung der Symptome.

Am Montag geht Mutter zur Computertomographie – dann werden wir erfahren, ob sie Metastasen im Gehirn hat. Nein, noch nicht gleich, denn das Ergebnis bekommen wir erst eine Woche später.

Wir rufen Henry an – wieder rufen wir Henry an, und Henry kommt. Es ist Mutter sehr wichtig, daß Sherry und ein kleiner Imbiß für ihn bereitstehen, und sie vergißt nicht zu fragen, wie es ihm und der Familie geht. Henry untersucht sie, aber da sie sagt, daß sie keine Kopfschmerzen hat, weiß er nicht recht, was er davon halten soll, und sagt, wir sollten mit dem Cortison besser warten bis nach der Computertomographie.

«Ich werde da anrufen und das Ergebnis für euch erfragen, sobald die Untersuchung durchgeführt ist.»

«Das Ergebnis liegt also direkt nach der Untersuchung vor?»

«Freilich tut es das.»

Warum dann nicht für jene, die keinen Henry haben? Letzte Woche stand in der Zeitung, die Sterblichkeit an Brustkrebs sei in höheren sozialen Schichten geringer. Ich glaube, langsam verstehe ich, warum.

Draußen ist endlich Frühling. Die Birken haben große Mäuseohren. Es ist Samstag, und die Stadt wirkt still und menschenleer – die Leute sind aufs Land gefahren. Auch Mutter müßte auf dem Land sein dürfen. Tatsächlich hat sie in den vergangenen Wochen nur ein einziges Mal von Kiri gesprochen. Da hat sie gesagt: «Ich muß wohl zusehen, daß ich noch mal da hinauskomme, das Anwesen muß ja verkauft werden.» Es klang, als habe sie die Vorstellung, vor dem Verkauf dort alles selbst in Ordnung zu bringen.

Auf der Fabriksgatan fährt ein Auto mit einem Schwanz von klappernden Blechdosen vorbei. *Just married* steht auf der Heckscheibe. Es ist ja nicht nur Samstag – außerdem ist Pfingsten.

Die Zeit der Verzückung.

19. Mai – Sie flucht, daß es kracht, als sie sich anziehen will und sich gleich in ihrem Büstenhalter verheddert – es kommt nicht oft vor, daß sie flucht, aber wenn sie es tut, benutzt sie Großvaters Vokabular. Verbissen trainiert sie das Gehen: Es handelt sich nicht darum auszugehen, sondern ein paar Runden um den Eßtisch zu gehen, wobei sie sich an der Tischkante oder den Stuhlrücken abstützt. Die Hand, die sie jetzt ebenfalls im Stich gelassen hat, will ständig zurückbleiben, an irgendwas hängenbleiben, als wisse sie selbst nicht recht, wo sie sich befindet. Wenn ihre Freunde anrufen, schildert sie drastisch und anschaulich ihren Kampf mit Kleidern und Möbeln und erklärt: «Ich hoffe wirklich, daß es Metastasen sind, die aufs Gehirn drücken.»

Nach einer Weile muß sie auf die Toilette, und dabei muß ich ihr helfen, aber mit großer Würde sagt sie: «Der Körper ist nur eine Hülle – das Wesentliche ist *atma*, der Geist.» Als sie mit spürbarer Erleichterung wieder im Bett gelandet ist, spricht sie von der Kraft, die das Yoga ihr gibt. «Ich hatte mir ja noch zehn gute Jahre vorgestellt, aber jetzt nutze ich mein Yoga, um zu akzeptieren, was geschehen soll, nicht dazu, es mir anders zu wünschen. Auch wenn ich für andere meditiere, stelle ich meine psychische Kraft darauf ein, daß sie ihnen hilft, durch das hindurchzugehen, was sie durchmachen müssen – wie schwer es auch sei.»

Sie deutet auf ein Buch, das auf dem Nachttisch liegt. Es ist ein amerikanisches Buch, das Guje ihr geliehen hat, und es handelt davon, wie man seine früheren Inkarnationen kennenlernen kann. Sie lächelt ein wenig darüber: «Jedenfalls ist es ja nicht so interessant für jemanden, der angefangen hat, über seine *nächste* Inkarnation nachzudenken.»

«Glaubst du wirklich an Reinkarnation?» frage ich sie nochmals.

«Ja, ich glaube, es gibt nicht nur Energie im physikalischen Sinn – es gibt auch eine geistige Energie, die immer weiterlebt. Vor allem glaube ich, eines schönen Tages wird man sehen, wissen, *verstehen.*»

20. Mai – «Es war ein bißchen, wie in eine Waschanlage zu fahren», sagt sie, nachdem sie bei der Computertomographie war. «Ich habe mir auch einen Spaß daraus gemacht zu denken, daß ich mich hätte vorbereiten sollen, indem ich eine Zeitlang nichts lese – ja, damit sich das Gehirn also entleert, wie man sich aufs Magenröntgen vorbereitet, indem man nichts zu sich nimmt.»

Es waren Martin und Manfred, die sie ins Mejlans brachten – es waren tatsächlich zwei Personen nötig, um sie zum Aufzug zu führen und vom Aufzug zum Auto und vom Auto zu einem Rollstuhl. Es ist das erste Mal, daß Mutter im Rollstuhl sitzt – sie fand es spannend.

Aber was tut jemand, der nicht zwei Angehörige zur Verfügung hat?

Kaum sind sie wieder zu Hause, als Henry schon das Ergebnis durchgibt: «Drei Metastasen auf der rechten Seite, eine links und eine Menge Ödeme. Sie müßte eigentlich verdammte Kopfschmerzen haben.»

Wir sind erleichtert, tatsächlich sind wir alle miteinander erleichtert, denn jetzt gibt es wenigstens etwas, war wir tun können. Mutter nimmt ihre erste Dosis Cortison, und nach einer Weile schläft sie ein. Das erste, was sie nach dem Aufwachen sagt, ist: «Jetzt will ich Kaffee und einen Kopenhagener.»

Sie bleibt im Bett liegen, und Martin und ich sitzen bei ihr, und während wir alle Kaffee trinken und Kopenhagener essen – echte dänische Kopenhagener, die Martin aus Kopenhagen mitgebracht hat –, wird die Stimmung immer zuversichtlicher, beinahe heiter. Martin sagt, er überlege, für einige Monate unbezahlten Urlaub zu nehmen, um bei Mutter zu sein. Mutter zeigt einen Brief, den sie gerade von der älteren ihrer beiden Schwägerinnen aus Dänemark bekommen hat. Beide Schwägerinnen heißen Else, doch dieser Brief ist von der Else, die mit Onkel Andreas verheiratet war. Es ist ein Brief, der gemeinsame Erinnerungen durch die Jahre anspricht, angefangen mit ihrer ersten Begegnung, als Mutter ein rundliches kleines Schulmädchen war. Es ist ein Brief, der echte Trauer ausdrückt: «Es trifft einen hart, wenn man einsehen muß, daß man einen Menschen verlieren wird, den man sehr gern hat.» Auf befreiende Art macht dieser Brief kein Hehl daraus, daß es ein Abschiedsbrief ist: ein Brief, auf den keine Weihnachtskarte folgen wird.

Mutter fängt an, von ihrer Beerdigung zu sprechen. «Ich habe ja eingesehen, daß ich mich wohl hier in Finnland begraben lassen muß, aber ich stelle mir vor, daß es eine dänische Beerdigung werden soll, und ich glaube, ich werde Pastor Jörgen anrufen und fragen, ob er kommen und mich in die Erde bringen will. Er und Thora haben ja geschrieben, daß sie mich im Sommer in Kiri besuchen wollten, und da ihnen das kaum möglich sein wird, können sie das statt dessen machen.»

Pastor Jörgen ist verheiratet mit Thora, seit über fünfzig Jahren Mutters Freundin. Eine Beerdigung, die Pastor Jörgen hält, kann nichts anderes sein als vertraut.

«Und ich will eingeäschert werden und in eine Holzurne kommen, so eine Holzurne wie die von Vater, ihr erinnert euch, die aussieht wie ein Nistkasten.»

Die Stimmung ist noch immer zuversichtlich, fast heiter.

21. Mai – Dank des Cortisons hat Mutter im großen und ganzen die Kontrolle über ihre Hand zurückgewonnen. Henry hat uns wieder ein Wort geschenkt, und dieses Wort lautet Peroneusstütze: Mit einer Peroneusstütze für ihr schlimmes Bein hätte Mutter bessere Voraussetzungen zu gehen. Ich habe an die Chirurgin im Mejlans geschrieben und um eine Überweisung gebeten, aber wir wollen die Antwort nicht abwarten – schließlich wissen wir, daß Mutter nicht mehr lange wird gehen können –, und so melden wir uns sofort in der Werkstatt der Invalidenstiftung an.

Da draußen herrscht ein freundlicher Friede. Eine sehr junge Frau nimmt bei Mutter Maß – ihre Bewegungen sind sicher und zugleich sanft, sie ist ein Mensch, der versteht, wie wichtig es ist, daß es etwas gibt, was man tun kann. Wir reichen ihr den Schuh, auf den die Stütze montiert werden soll, und fragen, wie lange wir warten müssen.

«Gewöhnlich dauert es eine gute Woche, aber ich werde sehen, ob es sich nicht schneller machen läßt. Ich rufe an, sobald es fertig ist.»

Vielleicht hat sie auch begriffen, daß Mutter nicht mehr viel Zeit zum Gehen bleibt?

Noch immer bleibt mir tatsächlich ein Stückchen Leben, das nichts mit Krankheit zu tun hat. Am Nachmittag bin ich auf einer Konferenz, die einberufen wurde, um über den Etat des nächsten Jahres zu beraten. Ich denke daran, wie gesund alle um den Tisch versammelten Personen aussehen. Ich denke daran, daß das nächste Jahr weit entfernt scheint. Ich denke daran, daß das nächste Jahr ein Jahr sein wird, an dem Mutter keinen Anteil haben wird.

Ich habe zur Zeit Schwierigkeiten mit dem Einschlafen, aber an diesem Abend sehe ich die freundliche junge Frau von der Behindertenstiftung vor mir, und dieses Bild hilft mir, mich zu entspannen. Ich füge sie der Sammlung von Menschen hinzu, an die ich mich vermutlich immer erinnern werde, obwohl sie mich bestimmt schon längst vergessen haben:

Die junge Hebamme, die Ville küßte, kaum daß er auf die Welt gekommen war, und sagte: «Vergessen Sie nicht, Ihrem Sohn zu sagen, wer die erste Frau war, die ihn geküßt hat.»

Die Schwester, die an Vaters Totenbett stand und sagte: «Ihr Vater hat so schöne Haare.»

Die Frau an der Bushaltestelle vor dem Mejlans-Krankenhaus, die meine Hand nahm.

Freilich, es gibt auch böse kleine Berührungen. Ich war wohl sieben, acht Jahre, als ich das Tivoli in Kopenhagen besuchte, zusammen mit Onkel Jörgen und seiner Else und ihren vier Kindern. Als ich am Karussell bezahlen wollte, zischte die Tante am Schalter: «Pfui Teufel, was hast du für dreckige Nägel!»

Auch sie habe ich nie vergessen.

22. Mai – Wie ist es, wenn ein Mensch eine Zeitlang fort gewesen ist: Wächst das Loch wieder zu? Ungefähr ein halbes Jahr nach Vaters Tod träumte Mutter, er käme zurück und fragte nach seinen Sachen, seinem Bankbuch und seinem Paß, und sie wußte einfach nicht, wie sie ihm erklären sollte, daß sie alles weggeschafft hatte. Irgendwie muß der Traum ja davon gehandelt haben, daß sie ein schlechtes Gewissen hatte, weil sie ihn aus ihrem Leben weggeräumt hatte. Vielleicht auch, weil sie sich so gut ohne ihn zurechtfand?

Ungefähr ein Jahr nach Vaters Tod träumte ich, er und ich wohnten zusammen im Hotel, irgendwo im Ausland, in einer Großstadt, in der ich noch nie gewesen war. Wir teilten ein Zimmer – ich erinnere mich genau an die Zimmernummer, es war die 310, und während Vater sich zu einem Schläfchen hinlegte, machte ich mich fertig, um auszugehen und mich umzusehen.

«Bleib nicht lange fort», sagte Vater, als ich ging.

Von der Stadt ist mir nichts in Erinnerung, aber ich weiß genau, wie ich zum Hotel zurückkam und den Aufzug in den Stock nahm, in dem wir wohnten, Vater und ich. Gegenüber vom Aufzug war ein Schild, das zeigte, wo die Zimmer in diesem Stock lagen: Zimmer mit Nummern bis 309 linker Hand, Zimmer mit Nummern ab 311 rechter Hand. Es gab kein Zimmer mit der Nummer 310.

Vaters und mein gemeinsames Zimmer war verschwunden, ein für allemal.

In diesem Moment bin ich aufgewacht.

In diesem ersten Jahr dachte ich täglich an Vater. Es kam höchstens mal vor, daß ich mir gegen Abend verwundert sagte: «Heute hab ich den ganzen Tag nicht an Vater gedacht.» Nach und nach verwandelte sich die Trauer in Sehnsucht. Und was empfinde ich eigentlich jetzt?

Jetzt empfinde ich vielleicht vor allem eine Sehnsucht nach der Sehnsucht.

Heute bekam ich einen Brief von Babben, die selbst Mutter dreier erwachsener Töchter ist und mehrfache Großmutter: «Das ist ja das Entsetzliche, niemand kann einem die Mutter ersetzen, wenn man das Glück gehabt hat, daß man nicht nur das Kind seiner Mutter war, sondern auch ihre Freundin. Näher kann Dir doch niemand stehen, nicht einmal ein Liebhaber, denn sie ist Deine andere Hälfte.»

Abends ruft Mutter an und erzählt, sie habe sowohl mit Thora als auch mit Pastor Jörgen gesprochen. «Sie haben sich gefreut, aber ich hab ihnen gesagt, sie müssen nicht unbedingt sofort Flugtickets buchen. Allerdings will ich mit Jörgen zusammen überlegen, welche Lieder ich mir wünsche.»

23. Mai – Mit unvernünftiger Verbitterung betrachte ich manchmal Personen, die älter sind als Mutter und sich noch unbehindert in der Stadt bewegen. Warum die, wenn sie nicht?

Mutter möchte ein neues Nachthemd. «Schließlich muß ich doch Leute im Bett empfangen.» Im Kaufhaus herrschen Gedränge und Hitze, und plötzlich merke ich, wie erschöpft ich bin; der Fußboden schwankt unter mir. Ich suche ein Nachthemd aus, das mir gefällt, kann aber das Preisschild nicht finden.

«Was kostet dieses Nachthemd?» frage ich eine junge, sorgfältig geschminkte Verkäuferin, die aussieht, als hätte sie noch nie von Krankheit und Tod gehört.

«Alle unsere Waren haben ein Preisschild», sagt sie knapp.

In einer Art Zeitlupe fummle und fummle ich an dem Kleidungsstück herum, bis ich schließlich tatsächlich das Preisschild finde.

«Entschuldigung», sage ich zur Verkäuferin, «aber ich kann nicht lesen, was da steht.»

Sie sieht an mir vorbei, sie hört nicht, was ich sage, sie hat beschlossen, nicht zu hören, was ich sage. Ich stehe da, kurz vor einem Tränenausbruch, bereit, das Nachthemd hinzuwerfen und hinauszurennen, aber ich nehme mich zusammen und gehe zur Kasse.

Stumm reiche ich der Kassiererin das Preisschild. Sie sieht es an. «Aber das kann man ja nicht lesen», sagt sie. «Ich muß die Verkäuferin fragen –»

Als ich endlich draußen auf der Straße bin, komme ich an einer dieser Frauen vorbei, die sich hinschleppen, beladen mit einer Unzahl von Plastiktüten unbestimmten Inhalts. Sie murmelt drohend vor sich hin. Sie ist nicht älter als ich.

24. Mai – Gestern war Johannes bei Mutter zu Besuch. Martin machte ihm die Tür auf, servierte ihm einen Drink, und dann ging er. Als Johannes aufbrechen wollte, fragte er Mutter, was sie jetzt tun wolle.

«Wenn du mir die Zeitung gibst, kann ich hier sitzen und lesen, bis Martin zurückkommt», sagte sie.

Johannes fragte, ob sie lieber ins Bett gehen wolle, und darauf sagte sie ja. Da hat Johannes ihr aus dem Stuhl geholfen und sie zum Bett gebracht.

Gott sei Dank hat Johannes gefragt, denn von sich aus hätte sie bestimmt nichts gesagt. Hingegen erzählte sie die Geschichte und fügte hinzu: «Das hätten wir wohl nicht gedacht, Johannes und ich – daß er mich schließlich ins Schlafzimmer führen würde.»

Wie viele Jahre ist es eigentlich her, seit sie zu Hause bei Johannes Kopfstand machte?

25. Mai – Mutter erzählt von einer Bekannten, die zu Besuch war und von den sinkenden Preisen für Pelze sprach. «Pelze sind jetzt eine lohnende Investition», habe sie gesagt.

Mutter hatte erwidert, sie denke nicht daran, einen neuen Pelz zu kaufen.

Neulich abend rief eine ihrer Freundinnen aus Schweden an, der ich in ihrem Auftrag geschrieben hatte.

«Ach, *geliebte* Annamarie, wie geht es dir? Wie fühlst du dich?»

«Nun, im Moment lese ich Zeitung und versuche mir vorzustellen, was der Mord an Rajiv Gandhi für die Zukunft Indiens bedeuten wird.»

«Aber, *geliebte* Annamarie, solltest nicht du, die sterben wird, an ganz andere Dinge denken?»

«Noch bin ich imstande, auf mehr als einer Ebene zu leben», hat Mutter erwidert.

Im nachhinein lacht sie über all das. «Es soll einen nicht kümmern, daß manche von den Bekannten dumme Sachen sagen. Hauptsache, sie wagen es überhaupt noch zu *reden*...»

26. Mai – Sie sieht Martin an: «Sollen wir es wagen, Merete zu erzählen...?» Es ist Abend, wir sitzen bei Tisch, ich habe gekocht.

«Na ja –» sagt Martin.

Ich werde zum Kind, das es nicht erträgt, ausgeschlossen zu sein. «Natürlich sollt ihr erzählen – ihr müßt erzählen.»

Es zeigt sich, daß Mutter, Martin, Salme und Riitta alle miteinander in der Alphyddans-Kirche gewesen sind. Da ist nämlich Pastor Juntunen, der durch Handauflegen heilt. Es war Salmes und Riittas Idee, Mutter dahin zu bringen. Riitta hatte versichert, sie kenne jemanden, den Pastor Juntunen vom Krebs geheilt habe, und obwohl Mutter sehr zögerlich war, hatte sie schließlich zugestimmt, da Riitta hartnäckig darauf bestand. Martin hatte sie im Rollstuhl geschoben und Riitta hatte den Weg gebahnt. Sie waren rechtzeitig in der Kirche angekommen, aber diese war bereits überfüllt. Riitta hatte befürchtet, Mutter würde nicht an Pastor Juntunen herankommen, und nachdem sie eine Weile den Chorälen gelauscht hatten, hatte sie sich an einen Kirchendiener gewandt, der vorschlug, Mutter in die Sakristei zu schieben. Aber als alle vier sich gerade auf den Weg gemacht hatten, war Pastor Juntunen aufgetaucht, hatte sich Mutter von hinten genähert, ihr seine Hände auf den Kopf gelegt und sie im Namen des Vaters, des Sohnes und des Heiligen Geistes gesegnet.

«Sein Gesicht hab ich überhaupt nicht gesehen», sagt sie.

Ich versuche zu fragen, was ihr dieses Erlebnis bedeutet hat, aber es fällt ihr schwer zu antworten – oder ob es eher so ist, daß es ihr schwerfällt, sich mir gerade in dieser Sache zu erklären? («Du mußt nicht denken, daß du alles von mir weißt.»)

«Ich habe eine Wärme gespürt», sagt sie schließlich ein wenig zögernd, «und – ja, du weißt doch: Ich glaube an die guten Kräfte. Aber das hatte wohl nicht soviel mit Pastor Juntunen zu tun.» Ich denke: «Sie hat ihren eigenen Gott, sie braucht nicht den von Pastor Juntunen.» Oder besser gesagt: Vielleicht hat sie Pastor Juntunen als Instrument auch für ihren eigenen Gott erleben können. Wie um von dem Schweren wegzukommen, fährt sie fort: «Salme und Riitta werden mir nie verzeihen, wenn ich ihnen wegsterbe – nach all der Mühe, die sie sich gemacht haben.»

Zumindest hat sie Salmes und Riittas Wärme zu spüren bekommen.

Das ist schon viel.

27. Mai – Die Peroneusstütze ist fertig, und ich fahre hinaus zur Invalidenstiftung, um sie abzuholen – und zu bezahlen, da das Mejlans-Krankenhaus noch keine Überweisung geschickt hat. Ich bekomme sie in einer Tüte, gehe zur Haltestelle und warte auf den Bus zurück ins Zentrum. Ich muß lange warten, und als der Bus schließlich gekommen ist und ich eingestiegen und ein paar Stationen weit gefahren bin, stellt sich heraus, daß es der falsche Bus ist und daß ich umsteigen muß. Zu Hause entdecke ich, daß ich zwar die Stütze bekommen habe – und folglich *einen* Schuh –, doch der zweite Schuh muß in der Invalidenstiftung geblieben sein. Ich rufe an und erkläre, was passiert ist. Die Dame in der Ausgabe findet tatsächlich den zweiten Schuh.

«Sie brauchen ihn nur abzuholen», sagt sie fröhlich.

Henry hatte recht: Unser System der Krankenversorgung kann die Angehörigen wahrhaftig viel Zeit kosten.

28. Mai – Mit großer Effektivität hat Martin eine ganze Pflegeausrüstung ins Haus geschafft. Außer dem Rollstuhl haben wir jetzt eine Krücke mit vier Zehen, einen Toilettenstuhl und eine Bettpfanne. Das Cortison fördert weiterhin Mutters Bewegungsfähigkeit – mit Hilfe der Krücke kann sie jetzt wieder allein von Zimmer zu Zimmer gehen –, und als Martin jetzt für eine Woche nach Dänemark fahren muß, versichert sie fast ärgerlich, daß sie gut und gerne nachts allein sein kann.

«Na, aber hör mal», wende ich ein. «So wild wie du bist...» Tatsächlich fühle ich mich sehr wohl bei ihr, auf der Matratze auf dem Fußboden im Wohnzimmer. Und es war gut, daß ich darauf bestand, denn heute nacht bin ich von einem gewaltigen Krach aufgewacht, Mutter hatte sich in den Kopf gesetzt, mich nicht zu wecken, sondern die neu angeschaffte Bettpfanne zu benutzen, und dann war sie einfach mitsamt der Bettpfanne auf den Fußboden gerutscht. Sie war naß, das Bett war naß und der Fußboden war naß, aber zerknirscht war sie nicht – im Gegenteil, sie lachte, wie sie da lag, und sagte: «Reg dich nicht auf, ich komm schon selber auf die Beine.» Und das tat sie auch.

Als ich den Fußboden gewischt und ihr Bett neu bezogen hatte, sagte sie: «Jetzt müssen wir nur die nassen Laken in die Waschmaschine stecken, dann waschen wir sie morgen.»

Sie sagte tatsächlich «wir», genauso selbstverständlich wie sie manchmal sagt: «Ich wohne so zentral, daß ich fast alles zu Fuß erreichen kann –»

Für ungültig erklären kann man sie nicht.

Heute hat sie ihren Termin im Mejlans, um das Ergebnis ihrer Computertomographie zu erfahren, aber da wir es bereits kennen, scheint es sinnlos hinzufahren. Ich rufe an und erkläre, sie könne nicht kommen – das könnte sie ja auch nicht, wenn das Cortison nicht wäre –, aber dann fällt mir ein, daß Mutter um ein Uhr Besuch von Auli V. bekommt, und schlage vor, daß der Arzt, der nur Finnisch spricht, um diese Zeit anrufen soll.

Vielleicht sagt er mehr, wenn er mit einer Person spricht, die Finnisch kann.

Tatsächlich ruft der Arzt kurz nach eins an und sagt, Mutter habe drei Metastasen rechts, eine links und eine Menge Ödeme.

Dann sagt er nichts mehr.

Von Symptomlinderung hat er anscheinend noch nie etwas gehört.

Mutter nimmt Cortison, und sie hat Auli bei sich – Auli, die ein dreistöckiges Mittagessen mitgebracht hat, Auli, die jetzt jeden Dienstag ein dreistöckiges Mittagessen bringt. Als ich komme, erfahre ich, daß Auli heute Brennesselsuppe, Dorschsoufflé und Rhabarbertorte mit Schlagsahne serviert hat. «Von der Rhabarbertorte ist noch ein bißchen was übrig, falls du Lust darauf hast», sagt Mutter. «Sie war köstlich.»

Dann berichtet sie, was Auli ihr von Flamenco und ägyptischem Bauchtanz erzählt hat, für den sie sich interessiert, und von der Paddeltour, die sie für den Sommer plant. Außerdem hat Tua angerufen und erzählt, daß sie einen Preis, den sie bekommen hat, in die Reparatur eines Balkons stecken will – «Es ist teuer, ein eigenes Haus zu haben», seufzt Mutter in Tuas Namen –, und Johannes hat angerufen und Annlis natürlich und Thora, die jetzt jede Woche anruft. «Ich finde es nett, wenn Thora anruft, und eigentlich rede ich auch gern mit Jörgen, aber ich will nicht über Religion reden, weil – ja, ich hab doch meinen eigenen Glauben, und –» Sie bricht ab. «Na, was weißt du Neues?»

Aber ich weiß eigentlich nichts Neues – im Vergleich mit ihr, die mit so vielen Menschen redet.

«Ach ja, übrigens», sagt sie schließlich. «Es kam ein Anruf vom Mejlans...»

29. Mai – Gestern abend kramte sie die *Helsingin Sanomat* vom Sonntag hervor und las die Immobilienanzeigen. «Für Kiri könnt ihr bestimmt einen guten Preis bekommen», sagte sie, und ihre Stimme klang zufrieden.

Ich sagte nichts, schluckte nur. Nicht daß ich mir vorstelle, Martin und ich könnten Kiri behalten. Schließlich wohnt Martin in Kopenhagen, ich habe weder Auto noch Führerschein, und Kiri liegt weit entfernt. Außerdem ist Kiri Mutters Haus – ich kann es mir nicht ohne sie vorstellen. Aber gerade deshalb sollte es Kiri ja immer geben, und immer sollte Mutter in abgetragenen Hosen am Bahnhof stehen und mich erwarten, und ich würde gut schlafen, und morgens würde sich der Duft des Brotes ausbreiten.

Heute morgen sagt sie: «Ich möchte dich um Verzeihung bitten –»

«Wofür denn?»

«Weil ich so leichthin davon gesprochen habe, Kiri zu verkaufen. Ich habe gemerkt, daß es dich traurig machte, aber weißt du, ich habe für eine Weile vergessen, wie es für die ist, die weiterleben werden. In diesem Moment hab ich mich einfach über den Gedanken gefreut, was du und Martin alles mit dem Geld anfangen könntet.»

Ich denke, daß sie jetzt wieder – dank Cortison – fast wie früher ist: dünner natürlich, viel dünner, und als ich sie im Bad sehe, rührt mich ihr runzliger kleiner Hintern, aber sonst ist sie fast genau wie früher. Trotzdem weiß ich ja, daß sie es nicht ist, und irgendwie fühle ich mich schon jetzt im Stich gelassen, gerade in diesem Augenblick, da sie mich zu trösten versucht, fühle ich mich im Stich gelassen. Es ist wie bei einem Liebesverhältnis, das abgebrochen und dann wieder aufgenommen wurde: Man ist froh, daß es wieder besteht, aber man verläßt sich nicht darauf.

«Wie geht es mit dem Schreiben voran?» fragt sie jetzt.

«Nicht besonders.»

«Aber du mußt schreiben – stell dir vor, wenn ich bis zum Herbst lebe.»

30. Mai – Wir sitzen beim Morgenkaffee – es ist fast wie in Kiri. Die Sonne scheint herein, ein Sonnenstrahl fällt direkt auf sie, und sie fängt an, von Vater zu erzählen. Ich habe sie darum gebeten – im Laufe der Jahre hat sie ein deutlicheres Bild von Vater vermittelt, als er es selbst je tun konnte, aber ich merke, daß ich noch immer zu wenig weiß. Überhaupt wird mir klar, daß ich so vieles wissen möchte, solange noch Zeit ist. Es ist, wie wenn jemand verreist – manchmal ist es, als säße sie schon im Zug, hin und wieder ist es, als wären die Türen schon geschlossen und sie stünde am Abteilfenster und versuchte durch die Glasscheibe zu sprechen.

Aber die Abfahrtszeit kennen wir nicht.

Sie erzählt, wie Vater aussah, als sie sich kennenlernten: groß, kriegsmager und bleich. Als sie ihn zum erstenmal mit nach Hause nahm, war er noch bleicher geworden bei dem Vorschlag, mit in den Stall zu kommen und die Kühe zu besichtigen. Thora – die jetzt Jörgens Thora ist und mit ihrem Jörgen kommen wird, um Mutter zu beerdigen – hatte gesagt: «Meinst du wirklich, den kannst du in Schwung halten?»

Sie erzählt von ihren gemeinsamen Reisen, wieviel Spaß sie hatten, wenn sie zu zweit auf Reisen waren. In Umrissen ahne ich einen anderen Vater als den, den ich kannte, freier und heiterer. Auf einmal richtet sie sich ein wenig auf und sagt: «Das würde ich dir nicht sagen, wenn ich nicht sterben müßte, aber da ich sterben muß, möchte ich gern, daß du weißt, wie wunderbar wir es zusammen hatten – ja, auch sexuell.»

Sie zögert ein wenig bei dem letzten Wort, und als sie es gesagt hat, ist sie verlegen. Aber nach einem kurzen Schweigen fährt sie fort: «Vielleicht ist es doch schön zu wissen, daß dein Vater ein guter Liebhaber gewesen ist.»

Das ist es, das ist es.

Ich sehe, daß sie lächelt, und ich frage: «Was findest du so lustig?»

«Ach, ich denke daran, wie es war, wenn wir in Kiri das Haus voll hatten, mit Martin und dir und Silvester und Ville. Dann ruderten Vater und ich gern zur Insel hinüber, um uns zu lieben.»

Nach Kinderart – der Kinderart auch von Erwachsenen – denke ich erstaunt: «Aber sie waren doch *alt*...»

Dann merke ich, auch das ist gut zu wissen.

Ein erneuter Anruf vom Mejlans – tatsächlich rufen sie noch einmal an.

«Ist Anna Schreck Ihre Mutter?» fragt eine Frauenstimme.

«Ja.»

«Wir haben jetzt ihre Mammaprothese.»

Ich frage mich schon, ob sich diese Person über mich lustig macht, ob sie eine Kindersprache spricht, aber da fährt sie fort: «Anna Schreck hatte doch eine Brustamputation, und wir haben jetzt ihre Brust da, Sie können sie jederzeit abholen.»

Langsam dämmert es mir: mein Brief an den Chirurgen, die Überweisung, die ich beantragt, aber nicht bekommen habe. Ich sammle mich und antworte: «Aber es war in Wirklichkeit eine Beinstütze, die Mutter bekommen sollte, nicht eine Brust...»

Die Stimme am anderen Ende läßt sich nicht beirren: «Ich war im Urlaub – und außerdem: Es ist dieselbe Werkstatt –»

«Aber vermutlich doch verschiedene Regale», denke ich, sage aber nichts. Als ich gegen Abend in die Fredriksgatan komme, gebe ich die ganze Angelegenheit zum besten. Annlis ist da, Annlis hat Essen geholt. Als ich komme, sitzen Mutter und sie zusammen, trinken Kognak und erzählen sich Geschichten. Mutter findet auch das eine gute Geschichte: «Na, ich muß wohl dankbar sein, daß ich diese Brust nicht brauche.» Als wir auf dem Weg ins Bett sind, fragt sie: «Aber werden Brustprothesen denn nicht nach Maß gefertigt? Ich meine: Du und ich, wir könnten doch kaum dieselbe Brustprothese haben?»

Wir kichern beide bei diesem Gedanken.

Als wir uns dann hingelegt haben und die Tür zwischen uns einen Spalt offensteht und ihre Leselampe gemütlich leuchtet, frage ich: «Warst du je in einen andern Mann als Vater verliebt?»

Ich kann ihr Gesicht ja nicht sehen – das ist vielleicht gut so. Es dauert eine Weile, bis sie antwortet, aber schließlich sagt sie: «Mal sehen, was ich dir davon erzählen kann.»

Dann schlafen wir beide ein – sie als erste, wie üblich.

31. Mai – Sie erwacht munterer denn je, aber sie ist wie eine Fliege in der Flasche, wie sie selbst sagen würde. Oder wie sie sagen

würde, daß Großvater sagen würde. Ruhig dasitzen und schwatzen ist das letzte, was sie sich vorstellen kann. Gereizt ordnet sie an, die welken Blumen zu entfernen, das wäre schon längst fällig gewesen. Sie findet, daß die Bilder schief hängen, und beklagt sich darüber, daß der blaue Teppich im Eßzimmer schon lange nicht mehr gesaugt wurde. Ich zerre ihren Staubsauger aus der Garderobe – es ist, als würde man ein bockiges Pferd aus dem Stall führen –, schraube den Schlauch an und stöbere die Bürste auf, und dabei befällt mich Selbstmitleid. Ich fühle mich wie eine Haustochter, die sich aufopfert, die sich schon jahrein und jahraus aufgeopfert hat, die eigentlich noch nie ein eigenes Leben hatte und nie eins haben wird.

Ich habe es eilig wegzukommen, hinaus in die Stadt. Morgens bleibe ich gewöhnlich, bis sie sich angezogen hat, aber heute will sie sich nicht gleich nach dem Frühstück anziehen, sie will zuerst Zeitung lesen.

Schließlich sage ich – und jetzt bin ich die Mutter, sie ist das Kind: *«Kannst du dich nicht anziehen, bevor du mit dem Lesen anfängst?»*

In der Stadt wimmelt es von frischgebackenen Abiturienten, die weißen Mützen leuchten. «Und die Zukunft strahlt uns so hell ...» Es ist neunundzwanzig Jahre her, seit ich selbst – Es ist zweiundfünfzig Jahre her, seit Mutter – Zu ihrem fünfzigsten Jubiläum fuhr sie nach Hause, um im Gymnasium der dänischen Kleinstadt «die Rede der Alten» an den neuen Jahrgang zu halten. Sie nahm die Aufgabe ernst und überlegte lange, was sie sagen sollte. Schließlich entschied sie sich dafür, darüber zu sprechen, daß die Abiturienten des letzten Friedensfrühlings vielleicht besser als jede andere Generation wüßten, was Demokratie wert ist, wüßten, daß Demokratie zwar nicht perfekt funktioniert, jedoch besser als alles andere.

Als ich gegen Abend wieder zu Mutter komme, erzählt sie wie üblich von ihren Telefongesprächen und Besuchern.

«Das hört sich an, als hättest du einen schönen Tag gehabt», sage ich und höre, daß ich noch immer wie eine Mutter klinge.

«Alle meine Tage sind eigentlich schön», sagt sie ruhig. «Und übrigens: Wenn du findest, der Putzteufel nimmt bei mir überhand, dann kannst du ja immer noch das Cortison etwas heruntersetzen.»

«Ich will nicht, daß du stirbst», rufe ich aus und fange an zu weinen. «Ich hab mir immer vorgestellt, du wirst mich überleben.»

«Ja, weißt du, das hab ich mir wohl auch vorgestellt.»

Plötzlich schlägt meine Stimmung wieder um, ich werde ärgerlich. Ich darf das sagen, aber sie nicht. Sie ganz und gar nicht –

1. Juni – Wir sitzen wieder beim Morgenkaffee. «Der erste Junge, der mich interessierte, hieß Rudolf Arndt», fängt sie an. «Er war verantwortlich für den Fahrradkeller der Schule, und es war jedesmal wieder spannend, ob er da war, wenn ich morgens ankam und mein Fahrrad abstellen wollte. Im Gymnasium gehörten wir zur selben Clique – ja, es waren fast nur Jungen in der Clique, Rudolf und ein jüdischer Junge namens Nathan und ein Junge, der Vilhelm von Rosen hieß. Wir waren bestimmt sehr intellektuell, sehr – unkörperlich. Ich weiß nicht, ob du verstehst. Ich denke, das ist schwer für dich zu verstehen. Na, jedenfalls wurde Rudolf Arndt mit der Zeit Superintendent, und vor nicht mehr als zwei Jahren schickte er mir eine schrecklich strenge Betrachtung über den Begriff *Sünde*.

In Åbenrå traf ich mich oft mit Erik Svane, einem Juristen, aber er war wohl mehr an mir interessiert als ich an ihm. Er war Widerstandskämpfer und kolossal nationalistisch gesinnt. Die Deutschen schnappten ihn, und er ist im Konzentrationslager umgekommen. Sie mußten ihn weder erschießen noch in die Gaskammer schicken – er starb fast von selbst, er ist nie stark gewesen.

Als ich dann nach Kopenhagen kam, sah ich Vilhelm von Rosen wieder. Er war der wahre Ästhet – er verstand beispielsweise überhaupt nicht, wie ich beim Essen lesen konnte, und sagte gern im Scherz, ich würde Käsescheiben als Lesezeichen verwenden. Auch er war wohl schwach, ich glaube, er hatte einfach zu viele Vorfahren. Sein Vater hat es nur zum Leutnant gebracht, und ich glaube nicht, daß er sein Studium je abgeschlossen hätte ... Aber – also, er hat Leukämie bekommen und ist gestorben – er starb, als ich zum erstenmal in Finnland war, im Sommer 1943.»

Jetzt war irgendwas mit ihrer Stimme.

«Wolltest du diesen Vilhelm von Rosen heiraten? Hättest du ihn geheiratet, wenn er nicht gestorben wäre?»

«Ja», antwortete sie.

In diesem Moment merke ich, daß ich eifersüchtig bin: nicht Vaters wegen, sondern um meiner selbst willen. Was wäre aus mir geworden, hätte sie einen andern als Vater geheiratet?

Und mir fällt etwas ein, was Ville einmal gefragt hat: «Als du mich erwartet hast – woher wußten du und Papa, daß ich gerade ich werden würde?»

Damals war Ville klein, und wir lachten, Silvester und ich. Ich bin erwachsen, im mittleren Alter, aber deswegen nicht klüger. Aber mir kommt ein neuer Gedanke: Es ist tatsächlich viel bemerkenswerter, daß Menschen geboren werden, als daß sie sterben.

Noch ein anderer Gedanke kommt mir: Als Mutter im Mittsommer 1943 – als Vilhelm von Rosen noch lebte – Vater zum erstenmal sah, muß sie in ihm sofort den Typ erkannt haben, der offenbar ein für allemal der ihre war. Auch Thoras Worte bei der ersten Begegnung mit Vater bekommen einen tieferen Sinn: «Meinst du wirklich, den kannst du in Schwung halten?» Ich hätte Mutter gern danach gefragt, ich hätte sie gern noch weiter nach Erik Svane und Vilhelm von Rosen gefragt, ich bekomme Lust, Fotos anzusehen, aber zugleich sehe ich ein, daß sie entscheidet, was ich erfahren darf. Gerade was diese Sache angeht, ist es mehr denn je sie, die entscheidet, was ich erfahren darf.

2. Juni – «Ich erinnere mich an etwas aus der Zeit, als ich noch ganz klein war, vier oder fünf Jahre vielleicht. Es war ein früher Sommerabend, und nach dem Essen ging ich in die Küche und erbettelte mir ein paar Roggenbrotscheiben, mit geschnittenen Fleischklößchen belegt. Dann ging ich hinaus, wanderte ein Stück zum Waldrand hinauf und setzte mich auf einen großen Stein, der so herrlich war, weil die Sonne den ganzen Tag darauf gestanden hatte. Ich fühlte, wie der Stein den Hintern wärmte, und ich spürte den guten Geschmack von Roggenbrot und Fleischklößchen im Mund – auch die Fleischklößchen waren noch lauwarm. Das ist eine Erinnerung an vollkommenes Glück.»

Als Mutter kurz darauf die Zeitung liest, ruft sie aus: «Ich denke schon seit einer ganzen Weile, daß ich mich vielleicht nicht um die Stadtplanung von Helsingfors im 21. Jahrhundert kümmern muß – und gerade ist mir klargeworden, daß ich mich auch nicht darum kümmern muß, wie sich die EG-Frage entwickelt. Aber ich kann mich immer noch darüber aufregen, daß der Unterrichtsetat beschnitten wird, während der Staat gleichzeitig ohne weiteres den Einnahmeverlust akzeptiert, der die Folge davon ist, daß man die Autosteuer gesenkt hat!»

Sie telefoniert lange mit ihrer ältesten Schwester, Inger. Sie reden über einen von Ingers Schwiegersöhnen: «Ach, ist er wieder zu seiner Familie zurückgekehrt? – Nun, war es nicht so, daß diese andere Frau ein Kind hatte, das er schwierig fand? – Ach so, es waren zwei Kinder? – Na ja, aber wir wollen ja nicht das Leben unserer Kinder leben, Hauptsache, sie kommen irgendwie zurecht, und das tun sie ja, das tun sie ja.»

3. Juni – Die dänische Nete schreibt über ihren Garten: «Alle Blumen strahlen mehr als sonst, wie mir scheint, das Gras ist saftig und zu hoch, und eigentlich ist sogar das Unkraut richtig schön.» Der Brief ist auf der Schreibmaschine getippt, aber ganz unten auf der Seite hat Nete zwei Zeilen mit Kugelschreiber hinzugefügt: «Es ist sehr schwierig, über das zu schreiben, was ich eigentlich empfinde.»

Mutter erzählt, sie habe jetzt einen letzten Brief sowohl an Thora als auch an Nete geschrieben. Sie hat zwei Kopien davon machen lassen, aber sie will, daß ich das Original bekomme. Er ist mit einer gewissen Mühe geschrieben, mit Filzstift auf kariertem Papier, und nachdem sie den Freundinnen für all ihre Fürsorge gedankt hat, fährt sie fort: «Ihr kennt meine Einstellung. Ich finde es nicht schwierig zu sterben. Es ist schließlich das einzig Sichere, das wir vor uns haben.» Sie schreibt, sie sei froh, daß ihr ein schweres Alter mit langsam schwindenden körperlichen und geistigen Kräften erspart bleibe, und genauso froh sei sie, nicht plötzlich und gewaltsam sterben zu müssen. Sie fährt fort: «Ich bin ja nie im Leben krank oder von fremder Hilfe abhängig gewesen. Das ist vielleicht das letzte, was ich in diesem Leben zu lernen habe: DASS ICH NICHT ALLEIN KANN.»

Ich lese den Brief mehrmals. Danach lese ich noch einmal einen Brief, den ich vor einigen Tagen bekam, von einem Freund, dessen Eltern beide schon seit einer Weile tot sind. Er schreibt von dem Bewußtsein, daß nun der letzte Puffer zwischen ihm und dem Tod verschwunden sei, aber auch von der langsam erwachenden Erkenntnis, daß die Eltern eigentlich so lange leben, wie man sie in seinem Bewußtsein behält. Er endet: «Ich gehe mit ihnen um.»

4. Juni – Mutter übt jeden Morgen eine Stunde lang Yoga. Sie macht keinen Kopfstand mehr, aber sie arbeitet mit ihrem Atem. Mehrmals in der Woche kommt Seija, gibt ihr eine Akupunktur und massiert ihr Hand und Fuß. Sie kommt nach einem ganzen langen Arbeitstag, und sie hat ein Kind an der Hand und eins im Bauch, aber sie sagt nie, sie sei müde. Mutters Hand und Fuß bräuchten Wärme und Fürsorge, sagt sie. Mutter hat einen kleinen weichen Ball zum Trainieren bekommen: Sie hält den Ball und öffnet und schließt die Hand um ihn, öffnet und schließt, öffnet und schließt. Mutter genießt es noch immer sehr, ein Bad zu nehmen, und Seija hat Martin und mir gezeigt, wie wir Mutter stützen können, wenn sie in die Badewanne steigt oder herauskommt – es ist nicht schwierig, aber man muß wissen, wie man es macht, man muß ganz nah an sie heran.

Ein alter gebrechlicher Mann, der im selben Treppenhaus wohnt, hat angerufen und gesagt, er habe gesehen, daß sie Mühe mit dem Gehen habe, und er wolle ihr seine Physiotherapeutin empfehlen. Sie mache Hausbesuche bei ihm und könne also genausogut auch zu Mutter kommen. Der Vorschlag wird von ihr begeistert aufgenommen, und zusammen mit der Physiotherapeutin rechnet sie aus, daß bis Mittsommer noch für zehn Behandlungen Zeit ist. Nach ihrem zweiten Besuch sagt Mutter zufrieden: «Sie sagt, ich mache Fortschritte.»

Meine – nein, Mutters und meine – junge dänische Freundin May hat uns ein Buch geschickt, das sie herausgegeben hat. Es heißt *Entbindung* und handelt von den Erfahrungen, die zehn Frauen bei der Geburt gemacht haben. May selbst schreibt, sie habe sich keineswegs eingebildet, daß es nicht rasend weh tun würde, aber sie wisse auch, daß es ein überwältigendes Erlebnis sei, mit nichts zu vergleichen. Sie fährt fort: «Außerdem habe ich von einer alten Dame etwas Yoga gelernt, die es ihrerseits in Indien gelernt hat. Sie hat mich gelehrt, daß der Atem der Weg zum Körper ist, daß der Atem das Instrument des Willens ist. Man kann den Körper nicht mit Hilfe des Gedankens kommandieren. Aber indem man den Atem auf eine ganz bestimmte Weise einsetzt, kann man den Körper beeinflussen, und indem man den Gedanken einsetzt, kann man mit ihm in Kontakt kommen.

In ihrer Version war Yoga eine Mischung aus Kontrolle über den Körper und einem großen Einfühlungsvermögen in ihn. Eigentlich hat sie mir beigebracht, mit dem Körper zu reden.»

Freilich gibt es ein zweites, ebenso überwältigendes Erlebnis wie das der Geburt.

Vielleicht ähneln sie einander sogar? Vielleicht können die Vorbereitungen auf den Tod den Vorbereitungen auf die Entbindung ähneln?

So ist es jedenfalls mit Mutters Vorbereitungen auf den Tod.

«Ich möchte mit ein bißchen Leben in den Zehen sterben», sagt sie mit einem Blick auf ihren Fuß.

5. Juni – Manfred traf eine gemeinsame Bekannte, die stehenblieb und sagte: «Wie ich höre, fühlt sich Merete von der Krankheit ihrer Mutter sehr belastet.» Ich werde sofort wütend. Wie soll ich das verstehen? Was mache ich falsch? Und vor allem: Mit welchem Recht kommentiert diese Person meine Verhaltensweise?

Sicher, auch für andere Menschen ist es nicht leicht, und tatsächlich will ich ja, daß sie etwas über Mutter sagen. Manche haben noch kein Wort darüber verloren, obwohl ich weiß, daß sie es wissen – die meisten in dieser Kategorie sind Männer. Andere wiederum haben vor einem Monat etwas gesagt und fragen jetzt fröhlich: «Und was machst du so zur Zeit?» Wenn ich sage: «Meine Mutter ist krank – ich bin meistens bei ihr», wirken sie, als würden sie denken: «Ja, richtig, stimmt, das hatte ich vergessen, aber man kann sich ja auch nicht alles merken, hast du wirklich nichts anderes mehr im Kopf?»

Mutter selbst ist wohl klarsichtiger als andere. «Es ist gut, daß ich nicht lange krank sein werde. Alle sind jetzt so enorm nett zu mir, aber schließlich weiß man, kein Mensch bringt es fertig, beliebig lange nett zu sein.»

6. Juni – Die meisten Menschen, mit denen ich wirklich über Krankheit und Tod sprechen konnte, haben das gleiche gesagt: Wenn ein nahestehender Mensch ernstlich erkrankt, überwältigt einen die eigene Machtlosigkeit. Meine Machtlosigkeit habe ich in den Griff zu bekommen versucht, indem ich mehrere Kolumnen über Krankenpflege geschrieben habe, über die konkreten Erfahrungen, die Mutter und ich damit gemacht haben. Jetzt melden sich Bekannte und Unbekannte und erzählen ihre Geschichten.

Bitten schreibt von ihrer Mutter, die mit fünf anderen alten Damen in einem Zimmer lag. Da sie von den Ärzten keine Informationen bekamen, fingen sie an, einander um Rat zu fragen und ihre Medikamente auszutauschen.

Babben verweist auf ihre Tochter, die Krankenschwester ist: «In den Krankenhäusern meint man insgeheim, daß die Personen, die sich in diesem Fall am besten um die Patienten kümmern, die Hilfsschwestern sind, also die Personen ganz unten in der Hierarchie, die am meisten mit den Patienten zu tun haben und ihnen am nächsten stehen. Die Ärzte sind, allgemein gesehen, am schlechtesten.»

Eine Frau erzählt, wie sie bei ihrer sterbenden Schwiegermutter saß, als eine Krankenschwester vorbeikam, einen zerstreuten Blick auf das Bett warf und sagte: «Hier geht es offenbar zu Ende.»

Auch einige Ärzte melden sich. Einer davon fragt – nahezu vorwurfsvoll –, ob ich bedacht hätte, daß auch Ärzte zuweilen unter Todesangst litten.

Ja, freilich habe ich das, aber ich habe auch gedacht, es könnte zu ihren Schuldigkeiten gehören zu lernen, damit umzugehen. Gibt es im Medizinstudium keinen Lehrgang, der von Todesangst handelt?

Von der Chirurgin im Mejlans bekomme ich einen Brief, der mit der Erklärung anfängt, alle Patienten seien so verschieden, es sei so unterschiedlich, welche Information sie aufnehmen könnten. Damit hat sie natürlich recht, aber die einzige Möglichkeit zu erfahren, wieviel Information jeder einzelne Patient aufnehmen kann, muß doch zumindest der Versuch sein, jeden einzelnen Patienten kennenzulernen. Aber am interessantesten sind die letzten Zeilen: Sie schreibt nämlich, sie sei zwar bei Mutters Operation dabeigewesen, aber sie sei eigentlich nicht diejenige gewesen, die operiert habe. Das Ganze klingt nach Entschuldigung, ist aber unklar – am ehesten scheint mir, sie ist im Stich gelassen worden von einem höhergestellten Chirurgen, der Mutter geöffnet hat, und als er sah, wie es stand, es ihr überlassen hat, mit dem Elend fertig zu werden.

Ich stelle mir vor, daß er auf die Uhr sah und wegging. Vielleicht zum Kaffeetrinken.

Von Henrys Nachfolger als Chefarzt der Universitätsklinik Helsinki, Jorma Palo – also auch der Vorgesetzte derjenigen, die Mutter operierten –, bekomme ich einen Artikel aus der Ärztezeitschrift *The Lancet* mit dem Titel «Drei Arten, wie man schlechte Nachrichten überbringt». Die erste Art ist «die brüske und gefühllose Art», die zweite ist «die freundliche und traurige Art» und die dritte – die empfohlen wird – ist «die verständnisvolle und positive Art». «Selbst wenn man nur Symptome lindern oder das Alltagsleben des Patienten erleichtern kann, muß es einen Plan und ein Versprechen geben, daß es immer noch eine weitere Pflegeform auszuprobieren gibt, und der Patient muß die Gewißheit empfinden, daß der Arzt nie aufhören wird, sich für den Fall zu interessieren, ob der Arzt nun für die Behandlung zuständig ist oder nicht.»

Wenn wir wenigstens wüßten, wer zuständig ist...

Von Agneta – die meine Schülerin war und jetzt meine Freundin geworden ist – bekomme ich einen Brief, auch ihre Mutter habe einen inoperablen Krebs. Ihre Mutter ist ebenfalls zu Hause, und Agneta und ihre Schwester versuchen, so viel bei ihr zu sein wie möglich. «Wir setzen auf Sensationen – Mama hat immer davon gesprochen, daß sie dabeisein will, wenn in Byträsk das Eis aufgeht.»

Jetzt muß es zu spät sein für das Aufgehen des Eises in Byträsk, aber es ist nicht lange her, seit Agnetas Mutter sechzig wurde und viele Flaschen Champagner bekam. Die Familie kann jeden Tag mit Champagner beginnen.

7. Juni – «Cousine Maija hat angerufen. Sie klang so unglücklich darüber, daß ich krank bin, und jetzt hab ich mir gedacht, ich ruf sie vielleicht noch mal an und lade sie ein.»

Ich habe selbst mit Cousine Maija telefoniert, und sie klang nicht nur unglücklich, sondern total verstört.

«Ich weiß nicht, ob es üblich ist, Leute zu einem Krankenbesuch einzuladen», sage ich vorsichtig.

Ich sehe Mutter an, daß sie überhaupt nicht daran gedacht hat, daß ihre Freunde zu einem Krankenbesuch kommen. Es fällt ihr nicht ein, daß man sie bemitleiden könnte, deshalb tut man es auch nicht.

Kurz darauf höre ich, wie sie Karin anruft, die an der Hüfte operiert wurde und jetzt wieder zu Hause ist. Nach dem Gespräch sagt sie triumphierend: «Um elf mach ich einen *Krankenbesuch*.»

8. Juni – Heute fahren wir nach Kiri, Mutter, Manfred und ich. Mutter genießt es sehr, im Auto unterwegs zu sein – sogar wenn wir ein Taxi zum Arzt nehmen, sagt sie: «Herrlich, wieder in einem Auto zu sitzen.» Als wir aus der Stadt heraus sind, bemerkt sie, daß die Saat noch nicht aufgegangen ist. Sie stellt es sachkundig fest – sie ist die einzige in der Familie, die alle vier Getreidesorten kennt. In Ekenäs essen wir im *Knipan* zu Mittag, und sie erzählt davon, wie sie zum erstenmal nach Finnland kam. Sie gehörte zu einer Journalistendelegation: die anderen waren ein Schwede, ein Deutscher, ein Ukrainer und ein Kroate. «Ich war die einzige Frau. Ich wollte ganz gewöhnliche Menschen interviewen, Helferinnen im Bereitschaftsdienst, Jugendliche im Arbeitslager. Ich wollte hinaus aufs Land. Das hatte seine Tücken – man bekam nichts anderes zu essen als Fisch, diese kleinen Fische, die mit vorwurfsvollen Augen zu einem aufsehen –, aber das schlimmste war, daß die anderen überhaupt nicht begreifen konnten, warum ich ganz gewöhnliche Menschen interviewen wollte. Der Deutsche war besonders schwierig – in jeder Hinsicht. Wir waren in Nådendal, wo die Kirche ihr fünfhundertjähriges Jubiläum feierte, und als wir da in der Kirche saßen – auch noch direkt hinter dem Präsidentenpaar –, merkte ich, daß er mich betatschte. Er dachte wohl, er hätte freie Bahn, da ich ein besetztes Land repräsentierte.»

Auf dem letzten Stück ist sie ganz versunken in die Landschaft – sie kennt ja jede Straßenbiegung und jedes Haus. In Kiri blühen Löwenzahn und Apfelbäume. Am Pfad, der zum Haus führt, stehen außerdem ein paar Tulpen, leuchtend rot. Wir machen uns daran, das Haus zu lüften und die Matratzen in die Sonne hinauszutragen. Im weißen Saal steht eine Herbstlandschaft in Rot und Gelb, die Mutter gemalt hat – sie steht auf der Staffelei, als wäre sie gerade erst fertig geworden. Mutter zieht Shorts und ein kurzärmeliges T-Shirt an – jetzt sieht sie selbst, wie alle Muskeln von Armen und Beinen weggeschmolzen sind, und sie sagt: «Achtung, hier kommt der Kadaver.» Als sie sich vorsichtig durchs hohe Gras bewegt, sieht sie aus wie ein kleines Kind, das gerade erst laufen gelernt hat. Manfred fotografiert sie – er sammelt Bilder, wie ich Worte sammle. Sie zeigt uns den Weg zu einem kleinen Apfelbaum, den sie letztes Jahr gepflanzt und fürsorglich mit einem Drahtzaun umgeben hat, damit die Hasen nicht herankommen.

«Warum hast du einen Apfelbaum gepflanzt, wo du doch hier schon so viele stehen hast?» fragt Manfred.

«Jeder Mensch sollte einen Baum pflanzen», antwortet Mutter.

Wir legen uns jeder auf eine Matratze, trinken Kaffee und essen Apfelsinen. Mutter demonstriert, daß sie jedes Bein noch in einem Winkel von neunzig Grad hochstrecken kann. Nach wie vor ist sie am besten auf dem Land. Ich gehe hinein und stöbere eine Weile in den Bücherregalen. Ich finde ein Album mit Bildern von Vaters letztem Sommer, einem der schönsten Sommer, an die ich mich erinnere. Er ist fast genauso dünn wie Mutter jetzt. Ich finde auch ein Foto von Ville und einer Person, die aussieht wie ich, von der ich einen Moment denke, das sei ich. Aber Ville ist auf dem Foto klein, und die Person, die aussieht wie ich heute, ist Mutter. In einem der Bücherregale im Obergeschoß finde ich Mark Aurel und lese laut: «Einer, der alt stirbt, verliert dasselbe wie einer, der ganz jung stirbt. Beide gehen nämlich nur des gegenwärtigen Augenblicks verlustig, denn nur diesen haben sie besessen, und was sie nicht besessen haben, können sie nicht verlieren.»

Das ist nicht wahr – denn diesen Tag wird uns niemand nehmen können, er wird als Erinnerung weiterleben, solange jemand von uns lebt.

9. Juni – Der Flieder im Hof schimmert bläulich. Mutter hat Glück gehabt, wir alle haben Glück gehabt, daß sie nicht – noch

nicht? – von einem Verschluß der Gallengänge betroffen ist, von einer Lähmung der Sprechwerkzeuge, von einer Persönlichkeitsveränderung.

Das Cortison hat ihr außerdem eine Gnadenfrist gewährt, und sie weiß, daß es eine Gnadenfrist ist, eine Zeit, in der sie sich – wie sie es auch an Thora und Nete geschrieben hat – ganz bewußt aus dem Leben zurückziehen kann oder sich zurückziehen lassen. Sie ärgert sich nicht mehr über ihre Behinderung beim Gehen, denn bevor sie Cortison bekam, konnte sie überhaupt nicht gehen.

Vielleicht war es sogar gut, daß es ein paar Tage gab, an denen sie überhaupt nicht gehen konnte...

Henry, der Mutter – und uns – durch das Cortison diese Gnadenfrist geschenkt hat, kommt mit seiner Lotte zu Besuch. Sie sollen aufs schönste empfangen werden: Es muß gesaugt werden, es gibt Champagner und Schnittchen mit Lachs und Kaviar, Mutter prangt in einem Kleid aus indischer Rohseide, das sie schon bei Villes Taufe trug.

Henry spricht von den Mängeln der medizinischen Ausbildung. Nicht zuletzt regt er sich über diejenigen unter seinen Professorenkollegen auf, die wollen, daß das Studium mindestens zweieinhalb Jahre rein theoretisch sein soll: «Dabei denken sie an die Forschung, denn wenn die jungen Mediziner sofort auf die Stationen kämen, bestünde ja die Gefahr, daß sie sich für die Patienten als Menschen interessieren könnten.»

«Könnte das Desinteresse der Ärzte an den Menschen nicht auch daher kommen, daß heute alles so technologisch ist?» sagt Mutter. «Früher mußten sich die Ärzte doch immerhin so lange mit den Patienten unterhalten, daß diese sagen konnten, wie sie sich fühlten, und ihre Symptome beschreiben. Heute verlassen sich die Ärzte auf ihre Instrumente. Früher waren Patienten immerhin eine Art Partner, heute sind sie nur noch Untersuchungsmaterial...» Ihre Stimme wird eifrig wie immer, wenn sie richtig diskutieren kann – sie ist froh, daß ich meine Debattenartikel schreibe, aber am liebsten würde sie selber schreiben.

«Ja», füge ich hinzu, «und ist es nicht außerdem so, daß man kürzlich das psychologische Examen aus der Eintrittsprüfung für die medizinische Fakultät gestrichen hat? Offenbar fürchtete man eine zu starke Frauendominanz in der Fakultät, und gerade das psychologische Examen bestanden die weiblichen Aspiranten besser als die männlichen. Schließlich wurden nur noch künftige Veterinäre in Psychologie geprüft. Wie es jetzt ist, weiß ich nicht, aber irgendwo hörte ich, daß überhaupt kein Psychologiestudium mehr verlangt wird.»

«Ja, das hab ich mir doch schon die ganze Zeit gedacht: Es ist bestimmt nicht leicht, Chirurgin zu sein», sagt Mutter solidarisch.

10. Juni – Manfred sagt, seine Mutter wäre heute achtzig geworden. Sie ist seit dreiunddreißig Jahren tot. Ich muß daran denken, wie sicher mein Leben gewesen ist – wie sicher es trotz allem auch jetzt ist – und wie unsicher das von Manfred. Als die Familie zum erstenmal flüchtete – aus Deutschland –, war er erst wenige Jahre alt, als sie zum zweitenmal flüchtete – aus Holland –, war er sieben. Ein kleiner Junge, dem die Eltern hatten klarmachen müssen, daß er nicht radeln und nicht schwimmen durfte, weil er Jude war. Diese zweite Flucht wollte kein Ende nehmen – durch Frankreich, durch Spanien, zu Europas Außenposten Portugal, und dann weit fort von Europa, ins holländische Westindien, nach Curaçao.

Bei einer Zwischenlandung in Trinidad war es das Kind, das die englischen Behörden ins Verhör nahmen – das Kind sollte die Fluchtroute beschreiben und beweisen, daß die Familie aus echten Flüchtlingen bestand, die es verdienten, daß man sie weiterziehen ließ.

«Ach, du bist in Westindien aufgewachsen», sagt manchmal einer meiner Bekannten bei Tisch zu Manfred. «Das muß ja wunderbar gewesen sein!»

In Curaçao ist Manfreds Mutter gestorben. Da war Manfred schon nach San Francisco gezogen, und sein Vater ist ihm nach einer Weile gefolgt. Sein Vater hatte den Krieg überlebt, sich aber nie davon erholt. Seine Eltern waren umgekommen – die näheren Umstände hat nie jemand erfahren – und alle seine Geschwister, bis auf einen Bruder, der sich nach Sibirien durchgeschlagen hatte und den Krieg über da blieb. Als alter Mann unternahm Manfreds Vater eine Reise von San Francisco nach San Diego, um zu untersuchen, wie man über die mexikanische Grenze gelangen könnte – falls es Krieg gäbe.

«Es geht ein Bus», sagte er, als er zurückkam.

«Aber meinst du, er geht auch, falls es Krieg gibt?» fragte Manfred.

«Genau das ist die Frage», antwortete sein Vater.

Nicht nur, daß mein Leben sicher war. Nicht nur, daß mein Leben noch immer sicher ist, daß es trotz allem noch immer sicher ist. Ich habe die Sicherheit im Blut.

«Du wirst schon sehen, es wird sich alles finden.»

11. Juni – Wir sind alle vier bei Monica und Seppi zum Essen eingeladen – Freunde von mir, die auch Mutters Freunde geworden sind, Menschen, die uns mit selbstverständlicher Wärme empfangen. Bevor wir zu Tisch gehen, sitzen wir draußen, das Sommerlicht ist herzzerreißend schön, die Traubenkirsche blüht, bald schlägt der Flieder aus. Mutter genießt es, Gast zu sein, sie ist lebhaft und vergnügt, im Moment ist sie keinesfalls eine, die sterben wird, sie ist im Gegenteil eine, die lebt – und die das Leben hier und jetzt in vollen Zügen genießen kann, weil sie sich um keine Zukunft sorgen muß. Ich finde sie immer noch schön, und außerdem bin ich so von Herzen stolz auf sie – wer hat schon eine Mutter, die die Freundin der eigenen Freunde wird?

Die intensive Nähe zum Tod eines anderen Menschen erinnert an eine Verliebtheit: Alles, was man erlebt, berührt einen so rein und stark, alles ist so einfach, weil es sich nur um dies eine handelt.

Im Lauf der Jahre habe ich oft darüber nachgedacht, was es heißen mag, «in Wahrheit zu leben».

In diesem Augenblick weiß ich es: dies heißt, in Wahrheit zu leben.

12. Juni – Mutters Kalender ist bemerkenswert. Er enthält Notizen über Dinge, die sie tun will, Geburtstage, an die sie denken will, bis hin zum Jahresende. Wer den Kalender voll hat, kann doch nicht sterben?

Heute hat sie ein besonders umfangreiches Programm, aber zwischen eins und zwei ist eine Lücke, und ich rechne mir aus, wenn ich mich mit allem beeile, was ich selbst erledigen muß, sollte ich es schaffen, um halb zwei bei ihr zu sein.

Als ich hereinkomme, klingelt das Telefon. «Ja, grüß dich», sagt sie, «wie nett, daß du anrufst –»

Und dann: «Freilich, Martin ist hier – das heißt, er ist in Helsinki –, aber er ist vorhin gegangen. Nein, natürlich störst du nicht –»

Kein Wort davon, daß ich da bin, daß ich gerade gekommen bin. Daß ich eigens gekommen bin, um mit ihr eine Weile allein zu sein.

Ich höre zu, wie sie am Telefon zwitschert. Es ist offensichtlich ein Gespräch, bei dem kein Ende abzusehen ist. Nach einer Weile erhebe ich mich, stürze aus dem Zimmer, aus der Wohnung und knalle die Tür hinter mir zu. Ich renne hinunter auf die Straße und gehe einmal um den Block, schnell, schnell.

Als ich wiederkomme, hat Mutter das Gespräch gerade beendet. «Wohin bist du verschwunden?» fragt sie.

«Ich bin einmal um den Block gerannt. Du hast ja bloß geredet und geredet . . .» Ich höre selbst, daß ich klinge wie ein gekränkter Teenager.

«Du hast Glück, daß du rennen kannst», erwidert sie. Wir starren einander an – und dann brechen wir beide in Tränen aus. In diesem Moment klingelt es an der Tür. Ich schaffe es gerade noch, ihr ein Papiertaschentuch zu reichen und selbst eins zu nehmen, bevor ich dem nächsten Besucher die Tür öffne. Dann gehe ich nach Hause, aber gegen Abend rufe ich sie an. Sie meldet sich und sagt: «Ich habe jetzt Gäste. Ich kann nicht mit dir reden. Wir haben es schrecklich nett.»

Ich werfe mich in Manfreds Arme, die Tränen fließen. Jetzt bin ich nicht einmal mehr ein Teenager, ich heule: «Soll sie doch sterben, meinetwegen – sie soll sich bloß nicht einbilden, es macht mir was aus.»

Bevor ich ins Bett gehe, habe ich mich beruhigt und eingesehen: Mutter schafft es nicht, sich ständig in meinen unglücklichen Augen zu spiegeln, sie muß sich in der Gesellschaft von Menschen erholen können, die weniger trauern als ich.

13. Juni – «Martin und ich haben überlegt, ob wir meine Winterstiefel wegschaffen sollen. Ich werde sie ja nicht mehr brauchen, und sie nehmen nur Platz weg –»

«Ich finde, das hat keine Eile.»

«Na ja, dann – Es wäre vielleicht auch schade, sie wegzuwerfen – es sind ja wirklich hervorragende Winterstiefel. Übrigens, findest du es sinnvoll, in eine neue Badebürste zu investieren? Ich fände eine neue Badebürste ganz herrlich –»

14. Juni – Henry ruft an, weil er in Mutters Haus in der Fredriksgatan die Fahne auf Halbmast gesehen hat. Ich kann ihn beruhigen: Mutter und Martin sind gerade nach Kiri gefahren, heute kommt May zu einem Wochenendbesuch aus Kopenhagen, morgen werden sie und ich nach Kiri fahren. Mutter hat gerade angerufen und gesagt: «Ich will morgen Lasagne machen, denn Martin will gern lernen, wie man sie macht, und ich muß ja nicht unbedingt das Geheimnis mit ins Grab nehmen. Meinst du, man kann zu Lasagne Champagner trinken?»

Als May kommt, erzählt sie, sie habe ihrer vierjährigen Tochter Clara gesagt, daß Mutter sterben wird. Als erstes habe Clara gesagt: «Arme Merete.» Dann, nachdem sie eine Weile für sich gespielt hatte, sei sie zurückgekommen und habe zögernd gefragt: «Man kann doch keine neue Mutter kriegen?»

May und ich spazieren am Ufer entlang, und May erzählt, was Mutter ihr bedeutet hat: wie Mutter sie durch ihr Beispiel eine Möglichkeit gelehrt hat, wie man bewußt sein Dasein und damit auch sich selbst formt.

Wir sprechen miteinander darüber, daß Mutters Leben zwar nicht so wurde, wie sie es sich vorgestellt haben mag, als sie jung war, aber anders und vielleicht im Grunde mehr. Ich spüre, daß es wichtig für May ist, von Mutter Abschied zu nehmen, und für mich ist es wichtig, daß es wichtig ist. Durch May und durch all die anderen, die so reagieren wie May jetzt, bekommt Mutter die Bestätigung, daß ihr Leben einen Sinn hatte.

15. Juni – Ich habe noch nie ganz schlimme körperliche Schmerzen erlebt – nicht an mir selbst und nicht an einem anderen. Ich habe entsetzliche Angst vor Schmerzen – nicht nur eigenen, sondern auch denen anderer. Mays Mann Bo, der Diabetiker ist, hat mehrere Augenoperationen durchgemacht, und daher weiß May viel mehr über Schmerzen als ich.

«Hat deine Mutter Schmerzen?» fragt May im Zug nach Kiri.

«Keine starken, soviel ich weiß. Sie hat Schmerztabletten bekommen, als sie aus dem Krankenhaus entlassen wurde. Ich glaube, sie heißen Voltaren, und die nimmt sie ungefähr alle sieben Stunden –»

May spricht über Schmerzkontrolle. «Es ist wichtig, daß man rechtzeitig mit der Medikation anfängt, daß man den Schmerz nicht losbrechen läßt. Ist er erst losgebrochen, kann man ihm selbst mit hohen Dosen schwer beikommen.»

Es ist ein gutes Gefühl zu wissen, daß Schmerz kontrollierbar ist, aber warum hat niemand mit uns darüber gesprochen? Warum sind wir so schlecht vorbereitet?

Mir fällt der ausgezeichnete Artikel aus der englischen Ärztezeitschrift ein: «Auch wenn man nur Symptome lindern oder dem Patienten das Alltagsleben erleichtern kann, muß es einen Plan geben –» Freilich, alle, mit denen ich gesprochen habe, die mit Krankheit und Tod vertraut sind, haben mir versichert, die Einstellung von Krankenhäusern und Ärzten zur Schmerzlinderung durch narkotische Stoffe seien in den letzten Jahren weit großzügiger geworden, man betrachte es nicht mehr als moralische Frage zu verhindern, daß Menschen auf dem Sterbebett Morphinisten werden. Aber von irgendeinem Plan haben wir nichts gehört.

Martin holt uns am Bahnhof von Salo ab und sagt: «Willkommen auf dem Lande!» Mutter hat Brot gebacken. «Ich habe gerade eingesehen, daß ich meinen letzten Baum gefällt habe, aber ich dachte, mein letztes Brot hab ich vielleicht doch noch nicht gebacken.» Dann sitzt sie in der Sonne und schaut zu, wie Martin den Rasenmäher betätigt und May und ich verdorrte Äste auflesen. Es ist das erste Mal, daß sie es ist, die dasitzt und zuschaut. Doch als der Rasenmäher streikt und neu gestartet werden muß, ist sie die einzige, die es kann. «Mögt ihr ein Glas Calvados?» sagt sie dann.

May sagt: «Die meisten alten Menschen kann man sich überhaupt nicht anders vorstellen als alt, aber bei deiner Mutter ist es, als wären alle Lebensalter noch immer gegenwärtig und sichtbar – auch das Kind, auch die junge Frau.»

Als es langsam Zeit fürs Essen wird, stellt Mutter sich an den Küchentisch. Während Martin zusieht, schichtet sie mit geübter

Hand Béchamelsoße, Lasagneplatten und Soße auf Hackfleisch und Tomaten.

Am Abend machen wir Feuer im Kamin im weißen Saal und sehen, wie es dämmert, ohne daß es je richtig dunkel wird.

May fragt Mutter: «Hast du überhaupt keine Todesangst?»

«Nein», antwortet Mutter, und ich sehe, daß sie May für ihren Mut schätzt, diese Frage zu stellen.

16. Juni – Ich erwache von den vertrauten Backgeräuschen. Einen Augenblick lang empfinde ich es als Betrug: Welches Recht hat eine, die sterben wird, die Illusion der Beständigkeit zu schaffen?

Dann denke ich: «Aber jeder von uns ist einer, der sterben wird, und alle Beständigkeit ist eine Illusion.»

Genau jetzt kann Mutter Brot backen. Ihr genügt das. Dieses *genau jetzt*. Es sollte auch mir genügen.

Das schöne Wetter hält an. Wir sitzen draußen, trinken Kaffee und essen Brot. Mutter erzählt stolz davon, wie sie einmal den Wettbewerb im Melken für Kinder unter zwölf gewonnen hat. Sie erzählt von ihren Kopenhagener Vettern und Cousinen, die oft in den Sommerferien zu Besuch kamen. Ein Vetter hatte einen so großen Kopf, daß seine Mutter, die ihm einen Hut kaufen wollte, aufgeben mußte und ihm statt dessen einen Regenschirm kaufte. Ein anderer Vetter hatte eine Mutter, die darauf bestand, daß er die Haare lang tragen sollte. Er selbst war unglücklich darüber, und eines Tages, als seine Mutter ausgegangen war, schnitt ihm Großpapa die Haare auf einer Seite ab. Als die Mutter nach Hause kam, sagte Großpapa: «Weißt du, ich hab es nur gemacht, damit du siehst, wie es wirkt. Wir müssen die andere Seite durchaus nicht schneiden, wenn du es nicht willst.»

Dann erzählt sie vom alten Tryde, der mit Großvater gern L'hombre spielte und der an Silvester immer rituell den Punsch braute, wenn Verwandtschaft und Familie versammelt waren. Der alte Tryde war Theologiestudent gewesen, bevor er in den Krieg von 1864 zog – und das Resultat seiner Kriegserfahrungen war, daß aus ihm nichts anderes wurde als ein Theologiestudent. Nicht daß er seinen Unternehmungsgeist verloren hätte. Mit achtzig lernte er radeln und fing an, Englisch zu studieren, denn er war überzeugt, Englisch sei die Sprache der Zukunft. Er wohnte sein ganzes Leben lang allein, doch an sinnlichen Erfahrungen mangelte es ihm nicht: «Nichts ist so herrlich, wie wenn eine kleine Maus einem ins Bett klettert und unter dem Nachthemd den Arm entlangläuft, so daß man sie richtig an der Haut spürt.»

Ich denke, daß Mutter ein Bindeglied zu einem Menschen ist, der hundert Jahre vor mir geboren wurde. Ich denke an all die Erinnerungen, die mit Mutter verschwinden werden.

Als May und ich nach Helsinki zurückfahren wollen, umarmt Mutter May rasch, und solange das Auto noch zu sehen ist, steht sie da und winkt, winkt.

Genau wie sie es immer getan hat.

17. Juni – Gespräche, Gespräche.

Als ich mit Jan-Magnus darüber rede, daß Mutter sich zuversichtlich darauf einrichte, ihre Tage in der Diakonissenanstalt zu beschließen, erzählt er vom alten Präsidenten Ståhlberg, der einen Schlaganfall bekam, ein paar Tage zu Hause im Bett lag und dann sagte: «Jetzt nehme ich die Straßenbahn zur Diakonissenanstalt – wenigstens muß man nur einmal umsteigen.»

Das ist eine Geschichte nach Mutters Geschmack, und ich freue mich darauf, sie ihr zu erzählen.

Ich treffe mich mit Di zum Lunch, und wir sprechen über Beerdigungen – über die komischen Vorkommnisse bei jedem Begräbnis, die es einem etwas leichter machen, die Trauer zu ertragen. Dis Mann ist kurz vor Weihnachten gestorben. Bei seiner Beerdigung kam einer der Gäste zu Di und bat sie um ein Rezept für eine Truthahnfüllung.

Sie erzählt auch von ihrer Tochter, die Medizin studiert und die sich neulich impulsiv über eine alte Patientin beugte und sie umarmte. «Seit zwanzig Jahren hat mich niemand mehr angefaßt», sagte die Alte.

Ich sage, es sei lange her, daß ich etwas von Ville gehört habe, und obwohl ich wisse, daß er mitten in seinem Examen in Cambridge steckt, sei ich trotzdem traurig, weil ich ihn brauche.

«Meinst du, ich soll ihm sagen, daß es mich traurig macht, nichts von ihm zu hören?» frage ich Di.

Wir einigen uns darauf, daß man erwachsene Kinder wissen lassen soll, wenn man sie braucht.

«Es kann ein Fehler sein, andere Menschen mit der eigenen Trauer verschonen zu wollen», sagt Di. «Verschont zu werden kann bedeuten, daß man ausgeschlossen wird.»

Nachmittags spreche ich mit Helen darüber, daß Mutter dabei ist, ihr Leben zu erzählen, und da sagt sie: «Es muß viele Menschen geben, die keinen haben, dem sie es erzählen können.»

Nicht einmal angesichts des Todes sind alle gleich.

18. Juni – Mutter muß sich wohl daran erinnern, wie Martin und ich uns um das größte Tortenstück gestritten haben, denn jetzt hat sie uns gebeten, Listen über die Dinge zu erstellen, die jeder von uns haben möchte, damit sie es gerecht zwischen uns teilt.

Ich sehe mich unter den Teppichen und dem Silber und den chinesischen Truhen und dem Geschirr und dem Schreibtisch und den Gemälden um. Ich will nicht, daß dieser ganze Haushalt in einen Nachlaß verwandelt wird.

Mutter selbst dagegen ist wie ein kleines Mädchen, das plant, was sie zu Weihnachten verschenken will. «Diese kleine antike Lampe aus Kappadokien soll Johannes bekommen», entscheidet sie. «Erinnerst du dich, wie enttäuscht er war, als er zum erstenmal in die Türkei fuhr? Aber ich hab ihm gesagt, er soll wieder hinfahren, er würde mit der Zeit ganz begeistert sein, und ich hab ja recht behalten.» Für Mutter ist es selbstverständlich, daß sie recht behielt. Und sie fährt fort: «Und diese Silberschale gebe ich Seija.»

Sie möchte auch, daß wir wissen, woher die Gegenstände stammen, welche Möbel in Kiri Urgroßvater getischlert hat, wenn er sich von seinem Amt als Direktor erholte, welche Sessel Großmutter und Großvater als Hochzeitsgeschenk bekamen.

Bevor Johannes die kleine Lampe aus Kappadokien bekommt, schreibt sie einen kleinen Zettel – er soll wissen, daß sie und Vater sie bekamen, als sie Trauzeugen für einen türkischen Reichstagsmann waren, der ein finnisches Mädchen heiratete, und daß das finnische Mädchen später ihren Mann dazu brachte, Finnisch zu lernen und die Kalevala ins Türkische zu übersetzen.

«Alle finnischen Mädchen, die Ausländer heiraten, zwingen ihre Männer, Finnisch zu lernen und die Kalevala zu übersetzen», pflegte Vater zu sagen.

Martin und ich schreiben unsere Listen. Mir ist am wichtigsten, die Dinge zu bekommen, die bei mir die stärksten Assoziationen auslösen: den Teewagen mit den handbemalten Kacheln mit Motiven aus Mutters Elternhaus, die Palme, die Steinesammlung mit dem kleinen grünen Schößling, eine chinesische Ente aus Ton, die mich stets an Mutter erinnert hat, wie sie da so neugierig und sicher auf ihrem Fensterbrett stand. Mutter gibt uns das Gefühl, als seien wir Kinder und schrieben Listen für den Weihnachtsmann. Dann kam der Weihnachtsmann am Weihnachtsabend und fragte: «Gibt es hier brave Kinder?»

Morgen wird Manfred heim nach San Francisco fahren. Wir gehen alle vier in ein Restaurant. Wir sprechen von Mutters Lieblingsbild – das Leben als Fest, von dem sie jetzt heimgehen muß. Martin erzählt, es sei ein Brief von der polnischen Mira gekommen, die schreibt: «Es ist in vieler Hinsicht ein gutes Bild, aber ich für mein Teil habe immer gedacht, daß dieses Lebensfest einen großen Fehler hat: Es gibt zu viele Menschen, die ich selbst nicht eingeladen hätte.»

Auch Manfred bekommt ein Abschiedsgeschenk, vier Glasuntersetzer aus Silber. Als Mutter sich von Manfred verabschiedet, ist es, als würde sie noch ein weiteres Tau kappen.

19. Juni – Nichts ist selbstverständlich, gar nichts.

Eine meiner Studentinnen sagt: «Nun, meine Großmutter ist seit Jahren senil, aber ich finde sie trotzdem sehr süß. Wenn ich sie besuche und nah bei ihr sitze, erinnere ich mich, wie es war, klein zu sein.»

20. Juni – «Gut, daß du herkommst, dann kann ich dich trösten», sagt Mutter am Telefon. Sie hört, daß ich traurig klinge – wie üblich hört sie es. Ohne Manfred ist es so leer, und außerdem ist auch Martin für ein paar Tage weggefahren, er hat Zahnarzttermine in Kopenhagen. Auch wenn die Mutter stirbt, kann man einen Zahnarzt nötig haben. Mutter und ich werden über Mittsommer hier allein sein – die bloße Tatsache, an Mittsommer in der Stadt zu sein, kommt mir verkehrt vor.

«Mein größtes Problem ist wohl, daß ich nicht weiß, was ich später machen soll, wenn du mich nicht mehr trösten kannst», antworte ich.

«Auch darüber können wir ja sprechen», sagt sie. Und kaum bin ich bei ihr, fährt sie fort: «Ich habe natürlich viel darüber nachgedacht, wie es dir gehen wird, und ich glaube, es wird dir gutgehen. Du hast Manfred, und du hast Ville. Ich glaube, Ville wird viele Kinder bekommen. Du hast deinen Freundeskreis. Du hast Silvester und seine Familie. Das ist viel – es ist vielleicht mehr, als die meisten Menschen haben. Ich finde es eigentlich nur schade, daß ich nicht dabeisein kann, wenn sich dein Kreis an deinem fünfzigsten Geburtstag versammelt. Ich habe ausgerechnet, daß dein fünfzigster Geburtstag auf einen Samstag fällt – da kannst du ein großes Fest veranstalten. Ich hatte mich schon darauf gefreut, eine Rede auf dich zu halten.»

Dann sagt sie, sie fühle sich wieder müde. Ich überlege: Sie nimmt jetzt seit einem Monat Cortison, und in diesem Monat hat sie sich nicht müde gefühlt. Wir wissen ja beide, daß das Cortison keine Behandlung bedeutet, sondern eine Gnadenfrist. Wie lange kann die Gnadenfrist währen? Was geschieht dann?

«Es ist natürlich leichter zu verstehen, daß man sterben wird, wenn man sich müde fühlt», sagt sie. «Ich habe angefangen zu lernen, daß man nicht gegen die Müdigkeit ankämpfen muß, sondern daß man darin ruhen kann, ja, sie förmlich genießen. Wieviel Uhr ist es übrigens? Ich frage mich, wie lange es her ist, seit ich meine schmerzstellende Tablette genommen habe ...»

«Schmerzstillend», sage ich automatisch. Sie sagt jedesmal «schmerzstellende», und ich berichtige sie jedesmal, obwohl ich weiß, daß sie es nicht lernt. Auch Vater hat immer ihr Schwedisch korrigiert, obwohl er wußte, daß sie es nie lernen würde. Als er im Sterben lag, fragte sie: «Bekommst du Säuerstoff?» Und er sagte: «Sauerstoff – versuch jetzt mal zu sagen: Sauerstoff –»

Sie kann sich Namen schwer merken, ebensowenig Jahreszahlen, und – Nein, besonders genau ist sie nicht, sie –

Dann begreife ich plötzlich, worum es geht.

«Hast du auch Schmerzen?»

«Ja, jetzt bekomme ich langsam richtige Schmerzen.»

Ich reiche ihr die Tabletten, und mit ungeduldigen Bewegungen reißt sie sie aus der Verpackung.

Sie hat einen Termin beim Arzt in der Diakonissenanstalt. Er versichert ihr aufs neue, daß sie jederzeit dorthin kommen kann und daß sie Schmerzmittel und Infusionen bekommen wird, damit sie nicht verdurstet, aber keine schweren Nährlösungen, die ihren Tod verlängern würden. Damit ist sie offenbar zufrieden.

Sie sagt, sie wäre gern auf dem Land, und wir überlegen, wie wir es anstellen, daß wir einen Krankenwagen bekommen, der sie bis nach Helsinki fährt und nicht nur nach Salo. «Ins Krankenhaus von Salo will ich unter keinen Umständen», sagt sie. Wir diskutieren, welches schmerzstillende Mittel sie jetzt bekommen kann – das heißt, ich bin es, die fragt, denn ich habe Angst, daß sie richtig schwere Schmerzen bekommt, während ich über Mittsommer mit ihr allein bin, ich habe Angst vor meiner eigenen Hilflosigkeit. Der Arzt sagt, er würde von sich aus keine narkotischen Mittel verschreiben, denn dafür brauche man spezielle Formulare, und dann müsse man über die Patienten Buch führen, die sie bekommen haben. Sofern seine Patienten Drogen bekämen, müßte ein Anästhesist eingeschaltet werden – wie soll das am Mittsommertag gehen, frage ich mich noch rasch –, aber er würde gern etwas anderes als Voltaren verschreiben, und so müssen wir hoffen, daß das besser hilft. Mutter bittet ihn, sich eine Entzündung anzusehen, die sie an einem Finger bekommen hat, und er sagt, sie brauche Penicillin. Ich frage etwas, worüber ich lange nachgegrübelt habe: Ob es einen Unterschied gemacht hätte, wenn Mutters Krebs früher entdeckt worden wäre, ob es einen Zeitpunkt gegeben hätte, an dem man ihn hätte behandeln können. Das glaubt er nicht, genau wie Henry sagt er, es sei eine ganz besonders bösartige Variante.

Eigentlich ist es eine Erleichterung, das zu erfahren.

Es ist das letzte Mal vor seinem Urlaub, daß wir bei dem Arzt sind. Mutter fragt, was er in seinem Urlaub machen wird, und er sagt, er werde auf dem Land sein. Wir geben ihm die Hand und wünschen einen schönen Urlaub.

Wir haben ihn dreimal besucht, und immer war er freundlich. Ich weiß noch immer nicht, was ich tun soll, wenn Mutter richtige Schmerzen bekommt, aber es erscheint aufdringlich, ihn genauer danach zu fragen. Gerade weil er so freundlich ist.

Als wir seine Praxis verlassen haben, entdecken wir, daß er das Rezept für das Schmerzmittel ausgestellt hat, aber das fürs Penicillin und seine eigene Rechnung hat er vergessen.

Es ist immerhin der Tag vor dem Mittsommerfest. Wir haben vergessen zu fragen, was er an Mittsommer macht, aber vermutlich wird er da schon auf dem Land sein.

Am Nachmittag kommt Eero, der Jurist ist und Mutter mit ihrem Testament helfen will. Eero und ich kennen einander seit einem Vierteljahrhundert, wir sind uns durch Ehen und Scheidungen gefolgt, es ist ein gutes Gefühl, daß gerade Eero Mutters Testament betreut. Mutter sagt manchmal im Scherz: «Eero gehört zu meinen Jugendfreunden – ich meine: Ich kenne Eero, seit er sehr jung war.»

Nachdem Eero gegangen ist, legt Mutter sich hin. «Ich muß dir von einem Traum erzählen, den ich neulich nacht hatte», sagt sie. «Ich habe geträumt, Martin und du, ihr standet zu beiden Seiten meines Sterbebetts, und als alles vorüber war, habt ihr euch angesehen und gesagt: ‹Das ist doch gutgegangen.›»

21. Juni – Heute ist Mittsommerfest.

Mutter hatte nachts starke Schmerzen – die Tabletten, die sie gestern bekommen hat, geben nicht genug Linderung. Sie selbst ist darauf eingestellt, stoisch abzuwarten, aber Gott sei Dank ruft Henry an, und als ich ihm mein Leid klage, erklärt er sich bereit, ein Rezept für Betäubungsmittel zu beschaffen. Das Problem ist nur, daß er nicht weiß, was er verschreiben soll. Auch Annlis ruft an. Wir sind heute abend bei ihr zum Essen eingeladen, sie will uns um sechs mit dem Auto abholen, aber ich sage, daß ich nicht einmal weiß, ob wir kommen können. Sie verspricht, Penicillin für Mutters Finger zu verschreiben, und bietet an, sich über schmerzstillende Mittel kundig zu machen. Genau wie Henry möchte sie gern helfen, aber wie er ist sie etwas ratlos. Nach einer Weile ruft sie noch mal an: Sie hat mit einem bekannten Kinderonkologen gesprochen, der Temgesic empfiehlt, was einer gewissen Kontrolle unterliegt, jedoch nicht zu den wirklich harten Mitteln gehört.

Als ich endlich alle Rezepte habe und zur Apotheke gehe, empfinde ich eine enorme Erleichterung.

Aber ohne Henry, ohne Annlis?

Und irgendwo muß es doch richtige Sachkenntnis geben?

«Es ist gut, daß Vater vor mir gestorben ist», sagt Mutter, als ich zurückkomme.

Ich weiß nicht, ob sie daran denkt, daß er ohne sie nicht zurechtkäme, oder daran, daß sie nicht die Kraft hätte, sich um ihn zu kümmern, und ich will nicht fragen.

«Wir müssen heute abend nicht weggehen. Ich habe schon mit Annlis gesprochen –»

«Ich schaffe es bestimmt, zu Annlis zu gehen», sagt sie sehr entschieden. Mit Hilfe von Temgesic lassen die Schmerzen nach, und sie schläft allmählich ein. Während sie schläft, sauge ich, wische Staub und gieße ihre Topfblumen – es ist mir wichtig, ihre Topfblumen am Leben zu erhalten, und vor allem den hoffnungsvollen kleinen Schößlingen in der Steinesammlung. Während ich in den Zimmern auf und ab gehe, denke ich daran, wie ich es in all den Jahren genossen habe, zu ihr zu kommen und frisch geputztes Silber zu betrachten und in sonnengetrockneten Laken zu schlafen.

Jetzt muß ich anfangen, mein eigenes Silber zu putzen und meine eigenen Laken an der Sonne zu trocknen. Das sind Lebenswerte, dic ich nicht verschwinden sehen will, sie enthalten eine Ästhetik und Großzügigkeit, die ich gern weiterführen möchte.

Als sie aufwacht, ist das erste, was sie sagt: «Jetzt werfen wir die Waschmaschine an.»

Sie sagt es genauso, wie sie es immer sagt: sachlich, energisch. Sie kommt nicht aus dem Bett, aber natürlich werfen wir die Waschmaschine an.

Dann setze ich mich auf das Bett neben dem ihren. Darüber hängen einige Fotos von Vater – eines aus der Verlobungszeit, ein anderes, aufgenommen an dem Tag, als er im Frack und mit Orden geschmückt dem Präsidenten der Türkei seine Akkreditierung überreicht. Da war er schon krank – man sieht, daß er krank ist.

Auch meine Mutter betrachtet die Fotos.

«Hast du gewußt, daß Vater eigentlich davon träumte, Schauspieler zu werden?» sagt sie.

Wenn ich es wußte, habe ich es vergessen.

«Ja, er hat sehr gern deklamiert – in seiner Studienzeit hat er Unterricht an einer Schauspielschule genommen. Ich habe ihn oft damit geneckt. Das war dumm. Ich hätte ihn nicht necken sollen.»

Dieser Gedanke ist neu für mich: daß *sie* womöglich *ihn* eingeengt hat. Und man kann ihn weiterdenken: Hätte sie ihn nicht umsorgt, wäre er dann weniger hilflos geworden? Ich frage mich, ob Mutter sich vorstellt, sie und Vater würden nach dem Tod wiedervereint, aber das glaube ich kaum. Ich versuche mir vorzustellen, welche Gedanken sich Vater über das Leben nach dem Tod gemacht haben mag. Ich glaube, am liebsten hätte er mit seinen Nächsten – mit Mutter, Martin und mir, seiner Mutter und seiner Tante – in einer Fliederlaube gesessen, bei Kaffee und Apfeltaschen.

Einmal, als wir zusammen an Vaters Grab standen, sagte Mutter: «Ich verstehe so gut die Kulturen, in denen man den Toten etwas zu essen bringt. Ich glaube, Vater hätte viel lieber Gebäck gehabt als Blumen.»

Ich denke daran, daß Mutters Tod eine noch weitere Entfernung von Vater bedeuten wird. Doch es ist nicht Vater, nach dem ich jetzt frage. Ich frage: «Bist du je in einen anderen Mann als Vater verliebt gewesen – ich meine, nachdem ihr verheiratet wart?»

In den vergangenen Wochen habe ich meine Fragen an sie meistens so gestellt, daß sie nicht sofort zu antworten brauchte, daß sie Bedenkzeit hatte. Jetzt wird es mir allmählich zu eilig für eine Bedenkzeit. Ich glaube, auch sie sieht ein, daß es eilig ist, denn sie schiebt die Frage nicht von sich.

«Ich war nie – untreu», sagt sie. «Aber sicher – es gab natürlich Männer, die man zu treffen hoffte, wenn man auf einen Empfang ging, und dann versuchte man, sich unmerklich zu ihnen hinzumanövrieren, und sie konnten selbst die langweiligste Veranstaltung ein bißchen spannend machen. Ja, du weißt...»

Ja, ich weiß. Natürlich weiß ich. Wir lächeln einander zu.

Mir fällt ein, daß Babben einmal von Müttern mit einem ungewöhnlich guten Verhältnis zu ihren Töchtern gesagt hat, sie hätten oft auch ein ungewöhnlich gutes Verhältnis zu ihren eigenen Müttern, und nach einer Weile sage ich: «Ich dachte, an diesem Wochenende könntest du mal von Großmutter erzählen.»

Sie ist sofort bei der Sache. Teile der Geschichte habe ich bereits gehört. Ich habe gehört, daß Großmutter Karen der Liebling ihres Vaters war, daß er sich gedacht hatte, sie sollte Ballettänzerin werden, daß sich ihre Fußgelenke jedoch als zu schwach erwiesen haben, ich habe außerdem gehört, daß ihr Vater ein Verhältnis mit einer Dame hatte, bei der er Klavierunterricht nahm – oder war Urgroßmutter nur eifersüchtig, sie hat ja durchaus nicht begreifen können, warum ein erwachsener Mann sich plötzlich in den Kopf setzte, Klavier spielen zu lernen. Urgroßmutter hatte sich jedenfalls scheiden lassen, und Großmutter hatte heftig für ihre Mutter Partei ergriffen, vielleicht gerade weil sie Vaters Liebling gewesen war und ihm nicht einmal den Verdacht eines Betrugs verzeihen konnte. Und dann folgten die Höhepunkte der Familienmythologie: Urgroßmutters Reise nach Amerika, um einen Sohn zu besuchen, Onkel Emil, der emigriert war. Eine Reise, die bedeutete, daß Urgroßmutter Zimmermädchen werden und sich über den Atlantik durch die Kabinen putzen mußte, weil sie das Geld für die Überfahrt, das Onkel Emil geschickt hatte, für Kleider ausgegeben hatte. Aber bevor Urgroßmutter abreiste, hatte sie Karen also zu einer bekannten Arztfamilie auf Jütland geschickt. Sie sollte Pharmazeutin werden, aber es konnte ja nicht schaden, wenn sie vorher ein bißchen Haushaltsführung lernte, und außerdem wollte Urgroßmutter sie gern in sicherer Verwahrung haben. Bei Doktors ist Großmutter Karen dann ihrem Johan begegnet, und so blieb sie da.

Doch, sie hatten es bestimmt gut miteinander, Großvater und Großmutter, keiner konnte etwas anderes sagen, als daß sie es gut hatten, und Wärme gab es reichlich zwischen ihnen, auch für die Kinder blieb genug davon übrig. Im Winter, wenn es kalt war in den Zimmern, durfte man manchmal Rücken an Rücken mit Großmutter stehen und sich an ihr reiben wie ein kleines Tier, und man konnte sogar liebevoll-neckend mit der Hand unter die Kante des französischen Korsetts fahren, das Großmutter sich zugelegt hatte, als sie anfing, in die Breite zu gehen. Als Kind hatte Mutter es ganz natürlich gefunden, daß Großmutter mit ritueller Regelmäßigkeit Großvater um das Haushaltsgeld bitten mußte und von ihm ebenso rituell zu hören bekam: «Mit wieviel kannst du diesmal auskommen?» Einmal war Großmutter für ein paar Tage nach Kopenhagen gefahren, und als sie wieder nach Hause kam, hatte sie gesagt: «Auf dem Schiff hab ich von Läusen im Kamm geträumt – ich habe immer gehört, das soll Geld bedeuten.» – «Nein, kleine Karen», hatte Großvater erwidert, «das bedeutet nur, daß alle fünf Kinder Läuse bekommen haben, während du fort warst.»

Großmutter hatte es trotzdem verstanden, ein gewisses Maß an Selbständigkeit zu bewahren, sie fuhr, wie gesagt, allein nach Kopenhagen, und einmal sagte sie triumphierend: «Johan weiß nicht, welche Partei ich wähle.» Und wenn Großvater ein aufbrausendes Temperament hatte, konnte sie ihm durch Schweigen die Stirn bieten – sie war hartnäckig wie die Sünde und konnte tagelang schweigen, wenn es darauf ankam, und dann war Großvater wie ein nasser Hund. Die Hartnäckigkeit hatte sie wohl von Urgroßmutter geerbt, die übrigens jeden Sommer zu Besuch kam, umgeben mit einem Hauch von Großstadt. Im Gegensatz zu Mutters Großmutter väterlicherseits, Olavia – die es nicht notwendig gefunden hatte, daß Mutter geboren wurde –, war Mutters Großmutter mütterlicherseits fast immer vergnügt. Mit Geld allerdings hat sie nie umgehen gelernt, und in späteren Jahren, als sie bei ihrer unverheirateten Tochter wohnte, die Lehrerin war und versuchte, ihr ein wenig auf die Finger zu sehen, schrieb sie gern an die Enkel: «Es tut mir leid, daß die Weihnachtsgeschenke diesmal nicht so fein sind, aber da Eure Tante nun mal so geizig ist...»

«Aber», sagt Mutter, «als ich aufs Gymnasium ging und als einziges von uns Kindern noch zu Hause wohnte, da habe ich deine Großmutter eigentlich erst richtig kennengelernt. Vermutlich bin ich ihr näher gekommen als alle meine Geschwister, von denen hat ja keiner sie je für sich gehabt. Da habe ich auch gemerkt, daß es bei ihr eine Sehnsucht nach Freiheit gab. Wenn ich aus der Schule nach Hause kam und wir zusammen Kaffee tranken, sagte sie manchmal: ‹Tja, was seh ich eigentlich den lieben langen Tag anderes als den Pferdestall auf der einen Seite und den Kuhstall auf der anderen Seite und die Scheune in der Mitte.› Manchmal kam es sogar vor, daß sie und ich ausgingen und zusammen Bäume fällten, um wenigstens die Aussicht ein bißchen zu erweitern.

Und als ich später Journalistin wurde, war sie wohl sehr stolz auf mich. Sie schnitt immer meine Artikel aus und sammelte sie in Ordnern.»

Ich denke an die Ordner, in denen meine Mutter meine Artikel gesammelt hat – Jahr für Jahr habe ich an meinem Geburtstag einen Ordner bekommen. Ich stelle mir Großmutter vor, wie sie mir in Erinnerung ist. Ich erinnere mich, wie sie in ihrem Garten umherging, einen Korb am Arm, umgeben von flatternden Zitronenfaltern, und mich die schönsten Rosen auswählen ließ. Ich erinnere mich, wie sie in der Küche stand und vergnügt den Fischhändler empfing und seine Schollen an den Kiemen prüfte, um zu sehen, ob sie frisch waren. Am besten erinnere ich mich an sie in ihrer Witwenzeit. Sie kam oft zu Besuch nach Finnland. Am liebsten nahm sie das Schiff, und wenn das Schiff anlegte, dauerte es immer eine Weile, bis sie für uns Zeit hatte, denn jedesmal gab es einen Herrn, mit dem sie auf der Reise Bekanntschaft geschlossen hatte, der ihr galant das Gepäck trug und von dem es galt, Abschied zu nehmen. Ich erinnere mich auch an sie in dem Pflegeheim, in dem sie ihre letzten Jahre verbrachte. Auch nachdem sie bettlägerig geworden war, hatte sie es gern, wenn man ihr die Horoskope aus den Zeitschriften vorlas, und sie lächelte beim Gedanken an die neuen Bekanntschaften und Reisen, die diese verhießen. Bis zuletzt war sie eitel: daß sie Gäste am liebsten im Bett empfing, hatte seinen Grund darin, daß sie meinte, ihr Gesicht sähe im Liegen am glattesten aus. Aber ganz am Schluß bildete sie sich ein, das Personal würde Gift in die Klimaanlage leiten, um die Patienten ums Leben zu bringen. Ich war in England, als sie starb. Ich weiß noch, daß ich dachte: «Aber sie ist ja *alt* –»

Ich war noch in dem Alter, in dem ich mir vorstellte, alte Menschen seien qualitativ anders, sie seien schon immer alt gewesen. Jetzt denke ich an die Träume, die sie gehabt hat, genau wie alle anderen, wie ihr Vater, der sich irgendwann im mittleren Alter in den Kopf setzte, Klavier spielen zu lernen.

Wie Mutter –

Wie mein Vater, der eigentlich wünschte, Schauspieler zu werden –

«Wie ist es eigentlich Großmutters Vater ergangen?»

«Nun, ihm hat deine Großmutter nie verziehen. Ich war schon ein Backfisch, als eines Tages die Nachricht kam, er sei gestorben. Bis dahin hatten wir Kinder ja alle geglaubt, er wäre schon tot, bevor wir geboren wurden.»

«Hat er denn seine Klavierlehrerin geheiratet?»

«Nein, er hat nie wieder geheiratet.»

Um fünf sagt Mutter: «Jetzt muß ich allmählich mit dem Aufstehen anfangen, damit wir fertig sind, wenn Annlis uns holen kommt.»

«Meinst du, du kannst?»

«Ich kann.»

Und sie kann tatsächlich.

22. Juni – «Ich glaube nicht, daß du es schaffst, mich hochzubekommen.» Es ist Morgen, sie ist gerade aufgewacht, sie muß auf die Toilette, aber jetzt kommt sie nicht aus dem Bett.

«Doch, das kann ich.»

Und ich kann es tatsächlich. Ich stütze sie auf dem Weg in den Flur, wo sie selbst an Wänden und Türen ein wenig Halt findet, und dazu brauche ich meine ganze Kraft, aber es geht. Und es geht auch, sie zurückzubringen. Als die ganze Expedition beendet ist und wir beide vor Anstrengung keuchen, scheint mir, daß sie mich mit neuem Respekt betrachtet.

An Beschäftigung mangelt es mir nicht, denn sie hat ständige Bedürfnisse. Mehrmals ist es außerdem so, daß ich gerade etwas angefangen habe, worum sie mich gebeten hat, als sie vorschlägt, daß ich etwas ganz anderes machen soll, und bevor ich damit fertig bin, findet sie, ich könnte das machen, womit ich eigentlich angefangen hatte. Ich massiere ihr den Rücken mit Algesal, ich teile ihr die Tabletten zu. Sie klagt jetzt darüber, daß sie schwer Luft bekommt, und ich öffne das Fenster und staple Kissen hinter ihrem Rücken. Es gibt nur ein einziges Kissen, das sie unter ihrem Kopf duldet. Ich ziehe ihr Socken über die Füße und suche dann nach einem anderen Paar, das sie lieber haben möchte. Als ich die anderen Socken nicht finden kann, sagt sie: «In diesem Haus hat alles einen bestimmten Platz.» Dann fügt sie hinzu: «Ich meine, in diesem Haus hat alles einen bestimmten Platz *gehabt*.»

Sie hat das Gefühl, daß sie allmählich die Kontrolle über ihren normalen Alltag verliert, und sie hat natürlich recht, jetzt, da Martin und ich uns mit der Pflege abwechseln, verschwinden ständig irgendwelche Sachen. Im Moment sind tatsächlich nicht nur die Socken verschwunden, sondern auch Mutters Kalender und Adreßbuch. Ich spüre meinerseits ein heftiges Bedürfnis nach

Selbstmitleid. Trotzdem weiß ich ja: Es ist zwei Monate her, seit Mutter erkrankt ist, es gibt Frauen, die das, was ich jetzt mache, jahrelang gemacht haben. Eine davon hat mich letzte Woche angerufen, ihr Vater war nach einem Schlaganfall gelähmt, sie hatte ihn aus dem Krankenhaus nach Hause geholt, weil sie fand, keiner kümmere sich um ihn, nicht einmal so weit, daß sie sich Zeit ließen, ihn in seinem eigenen Takt zu füttern, und jetzt hat sie ihn seit drei Jahren zu Hause, sie hat ihren Beruf aufgegeben, denn er konnte ja nicht allein bleiben ...

Aber auf einmal fallen die Schmerzen wieder über Mutter her. Nicht daß sie etwas sagen würde, aber das Gesicht ist angespannt, sie dreht sich ruckartig um, atmet heftig. Ich setze mich neben sie, wieder ist sie das einzig Wichtige, ich meine immer noch, ich könnte in ihren Körper eintreten.

Plötzlich lacht sie vor sich hin, und ich bin fast schockiert. Was ist das für eine Art zu lachen, wenn man Schmerzen hat oder zumindest gerade Schmerzen gehabt hat?

«Was ist denn?»

«Ach», antwortet sie, «ich habe gerade daran gedacht, daß mir in meinem ganzen Leben nie langweilig war.»

23. Juni – Sie protestiert nicht einmal, als ich ihr bis zur Toilette helfe. «Ich finde, du bist sehr stark geworden», sagt sie.

Am Vormittag kommen Onkel Jörgen und seine Frau Else aus Dänemark. Sie haben das Auto vollgeladen mit Essen: ein Eintopf, den Else direkt vor der Abreise gekocht hat, ein tiefgefrorenes Geflügelgericht, frische Erdbeeren – nicht einmal die Sahne haben sie vergessen. Es gibt auch einen Korb mit guten Weinen und Exportbier. Ich habe meine dänischen Verwandten stets mit Essen in Verbindung gebracht – meine Tanten Inger und Grethe haben im Lauf der Jahre regelmäßig brieflich von den Gastmählern berichtet, die sie für Verwandte und Freunde veranstaltet haben. Außerdem sind Jörgen und Else in meinen Augen so erwachsen, wie es nur Menschen sein können, die man als Erwachsene gekannt hat, als man selbst noch ein Kind war. Jörgen ist nicht nur Mutters erster Spielgefährte, er ist auch mein Patenonkel.

Sie erfüllen die Wohnung mit praktischer Alltäglichkeit. Gestern habe ich das Kabel von Mutters Kaffeemaschine verkokelt – jetzt untersucht Onkel Jörgen ruhig und methodisch den Schaden, findet ein neues Kabel und tauscht es aus. Noch immer gibt es Dinge, die sich reparieren lassen. Else sitzt im Wohnzimmer und strickt mit Alpakawolle. Mutter schafft es, zum Mittagessen aufzustehen, sie ißt kaum etwas, aber sie sagt: «Exportbier ist köstlich.»

Den restlichen Tag verbringt sie in ihrem Bett, manchmal gehen ein oder zwei von uns zu ihr hinein, um mit ihr zu schwatzen, aber offenbar liegt sie ebensogern für sich, mit angelehnter Tür, damit sie das leise Gemurmel hören kann. «Es ist, als wenn man ein Kind ist und in seinem Bett liegt und sich geborgen fühlt, weil die Erwachsenen auf sind», sagt sie. Einmal ruft sie: «Wovon redet ihr?»

«Wir reden davon, was wir heute abend essen wollen, wenn Martin und Flemming aus Kopenhagen kommen», antworte ich.

24. Juni – Als ich gestern abend nach Hause ging, kam ich an einem Mann vorbei, der total besinnungslos in einem Hauseingang lag. Er hatte sich vollgeschissen, und in der Wärme roch man es schon von weitem. Ich dachte daran, daß es bestimmt andere Menschen gibt, die ein viel trübseligeres Mittsommerfest gehabt haben als ich. Auf dem Hof der Villagatan schäumten die Fliederbüsche, und die Möwen flogen niedrig unter den Hausdächern. Ich frage mich, ob ich je zuvor bemerkt habe, wie viele Möwen es in der Stadt gibt.

Morgens bin ich wieder in der Fredriksgatan. Mutter, Martin, Flemming, Jörgen und Else wollen alle zusammen nach Kiri, und es gibt viel zu packen und zu ordnen. Während Mutter noch im Bett liegt, ruft Auli V. an. Sie erzählt von den Schnecken in ihrem Garten, daß sie ihre Lieblingspflanzen teilweise auffressen. Mutter wird munter und fragt, welche Pflanzen die Schnecken bevorzugen. Auli sagt, vor allem Lilien, während Mohn und Tränende Herzen verschont blieben. Mutter verspricht, Holzasche mitzubringen, wenn sie demnächst nach Kiri kommt, weil nämlich Holzasche das allerbeste ist, um Schnecken fernzuhalten.

Für Mutter sind die Pflanzen wichtig, die Schnecken, die Asche.

Das ist die Erklärung dafür, daß sie sich nie im Leben gelangweilt hat: daß sie das immer als wichtig empfunden hat, die Pflanzen, die Schnecken, die Holzasche. Ich glaube, gerade weil ihr das immer noch wichtig ist, hat sie keine Angst vor dem Sterben.

Ich glaube, Vaters Todesangst war eigentlich Lebensangst.

Abends ruft Mutter aus Kiri an: «Du ahnst nicht, wie schön es hier ist. Ich habe mehrere Stunden draußen liegen können, und es macht überhaupt nichts aus, daß es Mücken gibt, denn mein elendes Blut verschmähen sie und fliegen beim bloßen Geruch erschrocken davon. Und wenn ich baden will, haben Martin und Flemming herausgefunden, daß man meinen schlimmen Finger schützen kann, indem man ein Präservativ drüberzieht. Ja, es ist gut zu wissen, daß ich so stark anschwellen kann, wie ich will.»

Ich gehe früh zu Bett, und durch die Wand höre ich, wie die Nachbarsfrau ihr kleines Kind in den Schlaf singt.

25. Juni – Wir haben uns geeinigt, daß es so am vernünftigsten ist: daß Martin, Flemming, Jörgen und Else mit Mutter in Kiri sind und daß ich zu Hause in der Stadt bleibe und versuche, mich etwas auszuruhen. Es ist das Vernünftigste, weil keiner von uns weiß, wie lange unsere Kräfte noch gebraucht werden.

Ich erinnere mich an eine Fernsehsendung über den Krebstod, die ich einmal gesehen habe – eine Ehefrau war mit ihrem Mann beim Arzt, er war sehr mager und hatte die Haare verloren, sie saß neben ihm, groß und kraftvoll, die Arme gekreuzt, der Mund wie ein schmaler Strich, starrte den Arzt an und sagte: «Wie lange wird es noch dauern?»

Sie konnte nicht akzeptieren, daß sie das nicht erfuhr, daß sie kein Datum bekam, daß sie ihr Leben nicht planen konnte.

Ich probiere den Ausdruck *force majeur*. Früher habe ich dabei an etwas gedacht, das bei Versicherungsverträgen im Kleingedruckten steht – jetzt meine ich zu wissen – nein, spüre –, was es ist: eine höhere Kraft. (Gott oder Schicksal?)

Tatsache ist jedenfalls, daß es im Moment keine Bedeutung hat, was das Vernünftigste ist, Tatsache ist, daß ich mich viel besser fühle, wenn ich Mutter nahe sein kann, als wenn ich allein zu Hause bin.

Heute durch die Stadt zu gehen gibt mir das Gefühl, mich in einem surrealistischen Film zu bewegen.

Auf der Fabriksgatan steht ein Mann und pinkelt, nicht nur ungeniert, sondern demonstrativ, in hohem Bogen in den Verkehr hinein.

Unterhalb der Johanneskirche steht ein junges Paar und küßt sich, aber plötzlich zieht das Mädchen den Kopf ein wenig zurück und gähnt ihrem Angebeteten direkt ins Gesicht.

Auf dem Mannerheimvägen schwanken zwei ältere Saufbrüder Arm in Arm daher, zwischen sich ein riesiges Blumenpaket. Ich wünschte, ich könnte das alles mit Mutter zusammen sehen. Wir würden uns ausmalen, daß die beiden Saufbrüder gerade die Rente von der Mutter des einen versoffen haben und sie jetzt mit Blumen trösten wollen.

Auf dem Heimweg fällt mir ein, wie es war, nachdem Vater gerade gestorben war. «Was willst du morgen machen?» fragte ich Mutter auf dem Heimweg vom Krankenhaus. «Ich denke, ich werde putzen», sagte sie.

(Damit fing sie dann tatsächlich an, aber kaum hatte sie die Kittelschürze angezogen und den Staubsauger herausgeholt, da klingelte es an der Tür – es waren der schwarzgekleidete türkische Botschafter und seine Frau, die zu einem Beileidsbesuch erschienen.)

Jetzt kaufe ich mir jedenfalls einen Mop, und zu Hause packe ich ihn aus. Im Karton liegt ein Zettel: «Wir möchten Ihnen zu diesem Tag gratulieren – Sie haben ein erstklassiges Gerät zur Bodenreinigung erworben.»

26. Juni – Aber nicht alles ist absurd. Auf dem Anrufbeantworter habe ich eine Nachricht von Agneta, daß ihre Mutter gestorben ist, zu Hause in ihrem eigenen Bett, umgeben von ihrer ganzen Familie: «Sie hat einfach aufgehört zu atmen.» Ich dachte an eine Zeile in Tua Forsströms Gedicht *Das Marianergrab*: «Die Toten müssen nie wieder sterben.»

Dann merke ich plötzlich, daß ich an Mutter in Verbindung mit Essen denke – mit Essensdüften. Vor allem denke ich an die Gerichte, die sie früher gekocht hat, als ich ein Kind war: Makkaroniauflauf und Arme Ritter mit Schlagrahm und Kompott.

Als ich Mutter abends anrufe, fange ich an, von Armen Rittern zu sprechen. «Ißt überhaupt noch jemand Arme Ritter?» frage ich.

Sie überlegt einen Moment: «Stell dir vor, man würde es noch einmal schaffen –»

27. Juni – Morgen fahre ich nach England, ich habe vor, morgen nach England zu fahren, aber ich weiß nicht, ob ich es wage. Am Samstag bekommt Ville seine Examenspapiere in Cambridge, und seit Monaten reden wir davon, daß ich jetzt nach England komme, daß Silvester, Jiggy, Miranda und ich zusammen nach Cambridge fahren und bei der Abschlußzeremonie dabei sind. Aber um zu wissen, ob ich es wage, muß ich zuerst hinaus nach Kiri und sehen, wie es Mutter geht.

Ich denke an ihren Traum – ich kann mir nichts anderes vorstellen, als daß ich bei ihr bin, wenn sie stirbt.

Kaum habe ich mich im Zug auf meinen Platz gesetzt, steigt eine meiner Studentinnen ein. Ihre Bewegungen sind schlenkernd und vergnügt. Sie erzählt, daß sie auf dem Weg ist, mit ihrem Freund segeln zu gehen, und sie fragt, wie es mir geht. Ich sage, daß meine Mutter im Sterben liegt.

«Mein Vater ist tot», sagt sie.

«Wie alt war er, als er starb?»

«Sechsundzwanzig. Ich erinnere mich nicht an ihn.»

Vor dem Zugfenster gleitet die Sommerlandschaft vorbei, vorbei.

Mutter liegt nicht in ihrem Bett, sondern auf dem blau-grün karierten Sofa in der Kammer. Es sieht aus, als hätte sie sich nur vorübergehend da hingelegt, in einer Pause zwischen ihren Tätigkeiten. Mona ruft an, schwatzt, grüßt von Barbara. «Ich habe gerade an Barbara gedacht», sagt Mutter. «Als ich an meine alten Strohmatten hier draußen dachte, fiel mir ein, das könnte etwas für ihre Wüstenmäuse sein –»

Ich sitze auf der Sofakante ganz nah bei ihr. Als das Telefongespräch beendet ist, dreht sie sich zu mir: «Weißt du, wenn ich hier liege und über mein Leben nachdenke, erkenne ich, daß ich wohl die ewige Gymnasiastin und Pfadfinderin bin. Und ich erkenne auch, daß mein Leben einen Kreis beschrieben hat –

angefangen hat es auf dem Land in Dänemark, und jetzt endet es auf dem Land hier in Finnland. Es ist ein gutes Gefühl, es ist ein Gefühl von – ja, Vollständigkeit.»

Ich halte sie fest an der Hand und frage: «Was meinst du, soll ich nach England fahren?»

«Natürlich sollst du nach England fahren.» Sie sagt es in dem sachlich-bestimmten Tonfall, den sie im Lauf der Jahre immer dann verwendet hat, wenn sie fand, ich sei ein bißchen überspannt.

«Aber wo es mir so viel besser geht, wenn ich dir nah sein kann –»

«Ich bin dir doch da auch nah.» Auch das sagt sie bestimmt, doch der Tonfall ist ein anderer als eben.

Ich fange an zu weinen. «Versprich mir, daß du nicht stirbst, solange ich verreist bin.»

«Wenn mein Wille zählt, verspreche ich es.»

28. Juni – 1. Juli – In England. Hierher nach Canterbury kam ich zum erstenmal vor dreiundzwanzig Jahren, als frisch Verheiratete. Da war ich genau halb so alt wie jetzt. In meinen Flitterwochen ging ich eines Abends früher zu Bett und fing an zu weinen, weil Silvester vergaß, zum Gutenachtsagen zu kommen.

Mutter erzählte kürzlich eine Kindheitserinnerung. Sie war vielleicht drei Jahre alt und Jörgen vier, und als Zeit zum Schlafengehen war, hatte Großmutter alle Hände voll zu tun, weil sie Gäste erwartete. «Ich komme nachher herauf und sage gute Nacht», sagte sie. «Ich verspreche es –»

Aber sie kam nicht, und als Mutter und Jörgen fanden, sie hätten lange genug gewartet, fingen sie an zu rufen und schließlich zu brüllen. Großmutter kam in Windeseile die Treppe hinauf und ins Zimmer gestürmt – aber nur, um ihre Decken hochzuheben und jedem von ihnen einen ordentlichen Klaps zu geben.

Ohne ein Wort verschwand sie danach aus dem Zimmer, die Treppe hinunter zu den fröhlich lärmenden Gästen.

«Ich erinnere mich noch heute an das Gefühl von Verlassenheit, obwohl ich sie ja schon längst gut verstanden habe.»

Auch ich erinnere mich an dieses Gefühl, obwohl ich schon längst verstanden und mich schon längst über meine Kindlichkeit gewundert habe, wenn ich mich erinnere.

Als ich zum erstenmal hierherkam, fand ich, das Haus würde riechen wie eine Sakristei. Das tut es noch. Das Wahrzeichen des Hauses, die mächtige Zeder, wurde bei einem Sturm beschädigt und mußte gefällt werden – sie war so alt, daß es sie womöglich schon zu Shakespeares Zeiten gab, aber nicht einmal Bäume leben ewig. Im Badezimmer steht hingegen noch immer die kleine weiße Kommode, die ich als Wickeltisch für Ville in seinem ersten Sommer benutzte. Hier ist es leichter als sonst irgendwo, mich an Ville als kleines Kind zu erinnern, vielleicht weil ich so lange fort gewesen bin, vielleicht weil ich fast nur im Sommer hier war und alle Sommer zu einem einzigen verschmelzen.

Genau wie die Sommer in Kiri.

Im Eßzimmer hängt das Porträt von Villes sizilianischem Großvater, den weder Ville noch ich je getroffen haben. Er ist in der Uniform der Karabinieri gemalt, er schaut zur Seite, jugendlich arrogant. Er ähnelt Ville – Ville ähnelt ihm.

Das Haus ist erfüllt von Toten: von Villes Großvater, von Villes Großmutter und ihrer Schwester, von Villes Onkel, der vor eineinhalb Jahren starb. Er war neunundvierzig, als er starb. Ich weiß nicht mehr, ob man alt oder jung stirbt, wenn man mit neunundvierzig stirbt, aber ich glaube, er starb, weil er die Lust zu leben verloren hatte, weil er meinte, nichts mehr zu haben, wofür es sich zu leben lohnte.

Als ich zum erstenmal nach England kam, sagte er: «Am besten reden wir so viel wie möglich, bevor du richtig zur Familie gehörst, denn in dieser Familie reden wir nicht miteinander.»

Er hatte recht: Als Silvester und ich uns nach achtjähriger Ehe trennten, war es lange her, seit Terry und ich miteinander geredet hatten. Aber ein Jahr vor seinem Tod rief er mich in San Francisco an und erzählte, er habe gerade seine erste Liebe besucht, der an Aids erkrankt war und in Kanada im Sterben lag.

Es war das erste Mal, daß er offen davon sprach, was wir ja alle wußten: daß er homosexuell war. Dann sagte er: «Du gehörst noch immer zur Familie. Du und deine Mutter, ihr gehört noch immer dazu.»

Terry hatte Mutter sehr gern.

Quer über den Atlantik, quer über den amerikanischen Kontinent sagte er das. Es ist möglich, daß der gewaltige Abstand die

Voraussetzung dafür war, daß er es überhaupt sagen konnte. All die Habseligkeiten dieser Toten sind noch vorhanden, nicht nur ihre Möbel, ihre Bücher und ihr Nippes, sondern auch ihre Kleider, ihre Aufzeichnungen. In diesem Haus wird nichts weggeworfen. Es muß doch irgendwann, irgendwo eine Kultur gegeben haben, in der es als unanständig galt, daß die toten Dinge ihre Besitzer überleben sollten?

Auf dem Sterbebett können die Menschen sehr verschieden sein. «Meine Mutter war doch immer so unzufrieden mit mir», erzählte Silvester. «Erst als sie plötzlich aufhörte, zu kritisieren und zu nörgeln, habe ich begriffen, daß sie im Sterben lag. Ich wurde so traurig – dieses Nörgeln hat mir richtig gefehlt –»

Und als Silvesters Vater im Sterben lag – in Italien, sechs Jahre später –, war Silvester auch da. Aber auf sizilianische Art strömten die Verwandten herbei, entfernte, lärmende Cousins, die Silvester nie gesehen hatte und aus deren Absichten er nicht schlau wurde. Und als die Nonnen, die Silvesters Vater pflegten, erfuhren, daß er Freimaurer war und eingeäschert werden sollte, hätten sie sich fast geweigert, überhaupt noch etwas mit ihm zu tun zu haben.

Silvester und Jiggy haben Miranda beigebracht, mich *stepmother* zu nennen. Wenn Jiggy Villes Stiefmutter ist, darf ich gerechtigkeitshalber Mirandas Stiefmutter sein. Wir haben ein Spiel, Miranda und ich: Ich gehe mit großen Schritten vor ihr her, und sie versucht es mir nachzutun.

«Very big steps», sagt sie entzückt. Deshalb darf ich die *stepmother* sein.

Ich erinnere mich, wie Vater im Sterben lag und ich an nichts anderes denken konnte. «Bei Großmutter ist es lustiger», sagte Ville damals. «Großmutter spielt mit mir.»

Vielleicht habe ich doch einen Schritt getan.

Am Samstag sind wir in Cambridge, Miranda hat ihr Sonntagskleid und weiße Kniestrümpfe an, Ville trägt einen mit Kaninchenfell verbrämten Umhang. Kniend empfängt er von dem Prokanzler seinen Grad im Namen der Dreieinigkeit, nach uraltem Ritual:

«Auctoritate mihi commissa admitto te ad gradum Baccalaurei in Artibus, in nomine Patris et Filii et Spiritus Sancti.»

Danach machen wir drei Fotos: von Ville mit Silvester, Jiggy und Miranda, von Ville mit Silvester und mir, von Ville mit Jiggy und Miranda und mir.

Die moderne Familie.

Irgendwann kurz vor der Zeremonie ist Silvester verschwunden. Jiggy, Miranda und ich warten zusammen, und ich spüre die alte Ehefrauenungeduld von vor vielen Jahren in mir hochsteigen. Ich denke bei mir: «Typisch Silvester.» Im selben Moment sagt Jiggy: «Typisch Silvester.» Aber sie sagt es mit liebevoller Nachsicht. Wir tauschen einen Blick des Einverständnisses.

Die moderne Familie.

Ich denke an Silvesters Telefongespräch: «Wenn du mich brauchst – wenn es zu irgendwas nütze ist, daß ich nach Finnland komme –»

Die moderne Familie ist bestimmt nicht das Schlechteste.

Die Zeremonie begann übrigens mit Verspätung – aufgrund einer Bombendrohung, wie wir später erfahren. Einen Moment schießt es mir durch den Kopf: «Wenn Mutter mich nun doch überleben sollte –» Niemand sonst nimmt die Bombendrohung ernst, hier in England ist man bereits an Bombendrohungen gewöhnt. Vielleicht ist man nur in Finnland nicht daran gewöhnt. Aber auch in Finnland ist die Sterblichkeit hundertprozentig. Wann wird man sich daran gewöhnen?

Jeden Tag rufe ich Mutter an. «Wie geht es euch?» fragt sie. Ihre Stimme klingt sehr dünn.

2. Juli – «Hab ich's nicht gesagt?»

«Was denn?»

«Daß ich am Leben bleibe, bis du wieder zu Hause bist.»

Sie ist wieder in der Stadt. Aus dem Terhoheim kommen die Krebsärztin Päivi und die Krankenschwester Raija. Die Tätigkeit des Terhoheims gründet sich vor allem auf häusliche Pflege, das wird uns endlich klar, nicht darauf, Sterbende in einer Endstation der Verzweiflung zu versammeln.

(Warum haben wir das nicht früher erkannt? Haben wir nicht auf die Erklärungen gehört, die man uns gab? Nein, vermutlich haben wir nicht zugehört, aber manchmal ist es entsetzlich schwierig zuzuhören.

Wissen die Ärzte das? Ja, vielleicht wissen sie es, aber in dem Fall ziehen viele daraus den falschen Schluß: Sie meinen, es lohnt nicht einmal den Versuch zu erklären.)

Wenn wir noch immer etwas zögern, uns an sie zu wenden, dann nicht deshalb, weil wir den Begriff Hospiz scheuen, sondern weil wir keine Überweisung haben. Wir haben im Mejlans angerufen, um die Überweisung zu bekommen, aber es ist ja Sommer, und im Sommer macht Finnland zu, nach Mittsommer darf keiner krank sein, und im Mejlans kann man uns nicht einmal genau sagen, an wen wir uns wenden sollen. Aber Päivi und Raija kommen, obwohl wir keine Überweisung haben. Sie haben nicht die geringste Ähnlichkeit mit Todesengeln: Sie sind angezogen wie zu einem Besuch, sie sitzen an Mutters Bett, trinken ein Glas Sherry und plaudern. Die Stimmung ist warm, fast heiter. Für Päivi und Raija ist der Tod ein Teil des Lebens.

«Haben Sie noch Lebenslust?» fragt Päivi Mutter.

Matt streckt sie die Hand aus und versucht in die Luft zu zeichnen. «Mein Leben war wie ein Kreis», sagt sie.

Ich bin nicht sicher, ob Päivi oder Raija verstehen, was sie meint, aber ich bin froh, daß Mutter nicht sagt, sie hätte ihre Lebenslust verloren.

Päivi und Raija schauen ihren entzündeten Finger an und die wunde Stelle, die sie am Kreuzbein bekommen hat, weil sie so dünn ist, daß alles scheuert. Sie zeigen, wie man die Wunden sauberhält und Verbände anlegt. Als die Rede darauf kommt, daß Mutter so trockene Lippen hat, schreiben sie nicht ein Rezept aus, mit dem wir dann zur Apotheke gehen müßten, sondern kramen in der Handtasche und ziehen ein Fläschchen heraus, das wir sofort bekommen und das eine Lösung enthält, mit der wir Mutters Lippen bepinseln können. Als wir sagen, die Temgesic-Tabletten seien in mehreren Apotheken ausgegangen, holen sie eine Temgesic-Packung hervor und geben sie uns.

«Es ist fein, daß ihr euch entschlossen habt, eure Mutter zu Hause zu pflegen», sagen sie. «Nicht jeder wagt es, auf diese Weise die Verantwortung für einen sterbenden Angehörigen zu übernehmen, aber anscheinend geht es ja sehr gut.»

Wir sehen einander an, Martin und ich, beide leicht erstaunt. Ich hatte frei, Martin hatte die Möglichkeit, Urlaub zu nehmen, wir haben von Tag zu Tag geplant. Wir haben doch nicht beschlossen, Mutter zu Hause zu pflegen, keinen Moment lang ist dies ein Projekt gewesen, eigentlich wollten wir beide wohl vor allem mit Mutter zusammensein. Im übrigen ist es doch immer noch das Ziel, Mutter ins Krankenhaus zu bringen: «Später, wenn es mir richtig schlechtgeht, will ich ins Krankenhaus», sagt sie selbst. Sterbende Menschen müssen doch im Krankenhaus liegen, mit Schläuchen und Infusionen und Herzmaschine.

Erst in diesem Moment wird uns wohl richtig bewußt, was wir tun: daß wir einen sterbenden Angehörigen zu Hause pflegen. Aber vor allem sind wir einfach froh, daß Päivi und Raija sagen, es gehe offenbar gut – ihre Ermunterung macht uns Mut. Auf einmal scheint es, als sei dies, einen sterbenden Angehörigen zu Hause zu pflegen, vor allem eine Sache von tausend praktischen kleinen Kniffen. Es ist nicht bemerkenswerter als damals, als Mutter mir beibrachte, daß man frisch gespülte Kristallgläser nicht abzutrocknen braucht, wenn man sie unter kaltes Wasser hält.

«Wenn Sie wieder aufs Land fahren, können Sie die Gemeindeschwester in Bjärnå kontakten, dann macht sie bei Ihnen Hausbesuche», sagt Raija. «Und im Terhoheim können Sie ja rund um die Uhr anrufen, wenn Sie irgendwas beunruhigt.»

Für Päivi und Raija ist nicht nur der Tod etwas Natürliches, es ist sogar natürlich, daß Menschen im Sommer krank sind und sich außerhalb der Dienstzeiten Sorgen machen.

3. Juli – Gestern abend ist Ville gekommen. Heute kommen Mutters ältere Schwestern Inger und Grethe. Es gab viel zu organisieren: Wer sollte Ville am Flughafen abholen? Wer sollte Inger und Grethe abholen? Eigentlich tut es gut, all das organisieren zu müssen. Flemming holt Ville ab, und dann fährt er mit Ville, Martin und Mutter wieder hinaus nach Kiri. Am folgenden Tag kommt Flemming wieder zurück in die Stadt, damit er und ich die Tanten zusammen abholen können. Wir stehen an der Glasscheibe der Ankunftshalle und warten. Wir sehen, wie sie durch die Paßkontrolle kommen, wie sie sich mit federnden Schritten bewegen, wie sie sich rasch ihr Gepäck schnappen. Sie waren schon lange nicht mehr in Finnland, denn jede von ihnen hat einen

erheblich älteren Mann zu versorgen, und da muß erst die kleine Schwester todkrank werden, damit sie sich losmachen können. (Ich erinnere mich an Mutters Worte: «Ja, ich bin von Herzen dankbar dafür, daß ich nicht einen alten Mann habe, dem ich die Zehennägel schneiden muß.»)

Aber eines haben die Schwestern jedenfalls mit Mutter gemeinsam, sie finden sich zurecht, sie waren verheiratet und sind geschieden, und jetzt hat jede wieder ihren Mann, und immer haben sie sich zurechtgefunden. Einmal war Grethe in einen Autounfall verwickelt und glaubte, sie müßte sterben. «Ich hatte keine Angst vorm Sterben», hat sie später erzählt, «aber ich lag da und dachte, die Ewigkeit wird ja sowieso lang genug, und vielleicht sollte man so viel leben, wie einem vergönnt ist.» (Das hat Mutter bestimmt auch gedacht.) Weder für die Tanten noch für Flemming noch für mich ist es leicht zu wissen, wie wir uns zueinander verhalten, worüber wir reden sollen. Ich stelle fest, das Wetter könne unmöglich schöner sein, sie hätten wirklich Glück mit dem Wetter, und ich frage, ob es in Dänemark genauso schön sei. Inger berichtet, sie hätten einen köstlichen Räucherlachs und eine Flasche Aquavit mitgebracht. Ich sage, ich hätte ein Bœuf stroganoff vorbereitet, das für sieben Personen reichen müßte. Grethe erzählt, sie hätte ernste Schwierigkeiten gehabt, den Angestellten im Reisebüro davon zu überzeugen, daß sie ein Recht auf Seniorenrabatt hat.

Sie sprechen von ihren Kindern und Enkeln, und ich sehe sie vor mir als zwei kraftvolle, grünende Äste am Familienbaum, voll von neuen Schößlingen. Wir, die Mutter hinterläßt, sind nicht so viele. Ich frage mich, was für ein Gefühl es wohl ist zu wissen, daß die kleine Schwester sterben muß. Als mein Vater gestorben war, rief sein ältester Bruder an und sagte: «Nun ist Ville tot, aber ich, ich lebe noch.» Er sagte es mit Genugtuung – er war achtzig Jahre alt. Es gibt alte Menschen, die Todesanzeigen lesen und das Gefühl haben, sie hätten sich gegenüber jedem, der jünger stirbt als sie, behauptet. In einem bestimmten Lebensabschnitt kann Alter eine Frage von Selbstbehauptung sein: «Ich bin sechsundachtzigeinhalb», hörte ich eine Frau in einem Altersheim bei einem Fernsehinterview sagen, und gleich darauf sagte ihre Zimmernachbarin: «Ich werde in einem Monat siebenundachtzig.»

Es ist, wie wenn ein Kind sagt: «Ich bin fünf, aber diesen Sommer werde ich sechs.»

Aber es ist nicht nur das: Es ist unvermeidlich auch so, daß der Tod anderer das eigene Leben wertvoller macht.

Nicht ich bin es, der sterben muß.

Noch bin ich es nicht.

Mutter wirkt sehr schwach, als wir kommen. Die Nacht sei schlecht gewesen, sagt Martin, und jetzt liegt sie wieder draußen, kann aber weder essen noch trinken. Martin ist besorgt darüber, daß sie nicht trinken kann. Als die Tanten kommen, ist es offensichtlich, daß sie sich zu sammeln versucht – sie hat sich wirklich auf ihr Kommen gefreut. Ihr Besuch ist schon seit langem in ihrem Kalender eingetragen. Zu Personen, die sich erkundigt haben, wann sie sie besuchen dürften, hat sie seit langem gesagt: «Nun, vom 3. bis 10. Juli sind meine Schwestern hier, da bin ich die ganze Woche beschäftigt, aber danach – Ja, ich freu mich so, daß meine Schwestern kommen, wir haben immer soviel Spaß zusammen, aber es ist ja selten, daß wir uns alle drei treffen.» Im Laufe des Tages fragt sie mich mehrmals: «Nehme ich *teil*? Bin ich noch beim Gespräch dabei?»

Martin und sie sind sich jetzt sehr nahegekommen – ganz konkret, sind sich sehr nahegekommen, denn da sie jetzt weder stehen noch gehen kann, ist es Martin, der sie behutsam, behutsam hochhebt, der es ihr im Bett bequem macht, der ihren Verband wechselt und ihr den Rücken massiert.

Ich erkenne, daß es wirklich auch andere Möglichkeiten gibt, miteinander umzugehen, als sich zu unterhalten...

Es ist auch Martin, der ihr auf den fahrbaren Toilettenstuhl hilft, und ich erinnere mich, wie sie einmal gesagt hat: «Meine Kinder sollen mich wirklich nicht auf den Topf setzen müssen –» Doch jetzt ist daran nichts Demütigendes. Auch das ist eine Einsicht: daß daran nichts Demütigendes ist.

Bin ich eifersüchtig?

Nein, ich glaube nicht, daß ich eifersüchtig bin: Ich glaube, ich empfinde aufrichtige Bewunderung und bin froh, daß Martin seine Rolle gefunden hat.

Martin nennt sie «Alte».

Flemming hat den Haushalt übernommen – er kocht, er backt

Brot, er putzt, er hat sogar die Kupferkessel geputzt. Mutter hat ihm das Rezept für ihr Kiribrot diktiert, und sie hat gesagt: «Direkt bevor es in den Ofen kommt, ritze ich immer eine Sonne und einen Mond und ein Kreuz hinein.»

Wenn Mutter getragen werden muß, springt Flemming ein: Martin könnte sie nicht allein tragen, auch nicht zusammen mit mir. Sie setzen sie in den Korbstuhl, und dann tragen sie sie wie auf dem Königsthron. Mir kommt in den Sinn, wie glücklich es sich für Mutter fügt, daß Martin mit Flemming zusammenlebt – eine Schwiegertochter hätte nicht tun können, was Flemming vollbringt.

Ville schiebt den Rasenmäher, immer im Kreis. Er geht da so ernst für sich – ich habe es bisher nicht richtig geschafft, darüber nachzudenken, aber für ihn muß es merkwürdig gewesen sein, seine tolle Großmutter so verändert zu sehen. Er bleibt nicht verschont – bestimmt ist es gut, daß er nicht verschont bleibt. Ich frage mich, was er denkt, ich würde gern fragen, aber ich kann jetzt nicht fragen.

Kann nicht?

Schaffe es nicht.

Vielleicht hat auch er ein Recht auf sein inneres Zimmer.

Aber irgendwann werde ich ihm sagen, daß er sich im Frühjahr ruhig öfter hätte melden können, daß ich ihn gebraucht hätte.

Und unter allen Umständen muß ich ihm sagen, daß ich finde, er sollte mit dem Rauchen aufhören, daß es dumm ist zu rauchen, wenn Großvater und Großmutter väterlicherseits und der Großvater mütterlicherseits an Krebs gestorben sind, und jetzt die Großmutter mütterlicherseits – Mutter hat übrigens selbst viele Jahre lang geraucht. Als sie Vater kennenlernte, rauchte sie dicke Zigarren, aber sie sah ja seiner Miene an, daß sie besser damit aufhören sollte. Dann rauchte sie Zigaretten, aber nach etlichen Ehejahren machte sie ihm zum Geburtstagsgeschenk, daß sie ein Jahr lang mit dem Rauchen aufhören wollte, und als er fünfzig wurde, hörte sie endgültig auf. «Es fehlt mir», hat sie gesagt. «Manchmal träume ich davon, daß ich rauche –»

Inger und Grethe haben weiter geraucht, aber sie haben nicht Krebs bekommen. Das ist nicht gerecht. Andererseits: Wer hat gesagt, daß das Leben gerecht ist?

4. Juli – Heute nacht habe ich bei Mutter geschlafen. Sie schläft jetzt auf dem blau-grün karierten Sofa, und ich hatte meine Matratze direkt neben ihr, damit ich nur die Hand auszustrecken brauchte, um sie zu erreichen. Es ist eine Menge, was bedacht werden muß: Ich muß versuchen, sie zum Trinken zu bringen, und sie braucht alle acht Stunden eine Anzahl von Cortison-Tabletten und Penicillin, und Temgesic jede sechste oder vierte Stunde. Noch immer schläft sie besser als ich – ich habe fast überhaupt nicht geschlafen. Hier auf dem Land merkt man viel mehr als in der Stadt, wie hell die Nächte sind. Kurz nach zwei fangen die Vögel an zu singen.

Am Morgen fragt sie: «Sind die Tanten noch in ihrem alltäglichen Leben?»

Ich verstehe nicht, was sie meint – ich vermute, daß sie verwirrt ist. «Aber du weißt doch, sie sind hier – hier bei dir in Kiri.»

«So hab ich es nicht gemeint», antwortet sie, und sie spricht mühsam. «Ich wollte nur wissen, ob sie noch über ganz gewöhnliche Dinge reden, zum Beispiel, was sie zu Hause machen und wie es der Familie geht.»

«Freilich tun sie das.» – «Ja, weißt du, ich versuche doch zu verstehen, daß sie noch in ihrem Leben sind, während ich gerade dabei bin, das meine zu verlassen. Ich versuche nur zu *verstehen* –»

Den ganzen Vormittag liegt sie draußen. Heute trinkt sie wieder, ja, sie ißt sogar ein wenig Eis – Eis und Brei. Inger und Grethe sitzen bei ihr, achten darauf, daß ihr die Sonne nicht direkt ins Gesicht scheint. Inger hält sie an der Hand und erzählt ihr, wie süß sie als kleines Mädchen war und wie stolz die großen Schwestern waren, wenn sie sie ins Dorf mitnehmen durften. «Du warst doch die einzige von uns, die Naturlocken hatte –»

Mutter hat mehrmals ihre Sommernachbarin Karin erwähnt, die an der Hüfte operiert wurde und jetzt nicht auf dem Land sein kann. Mutter tut es leid, daß Karin nicht aufs Land kommen kann – und sie findet es ungerecht, daß sie keinen hat, der sie pflegt, während Mutter so viele hat. Sie und Flemming kommen auf zwei Freundinnen von Flemming in Kopenhagen, die vielleicht Lust haben könnten, nach Finnland zu fahren und ein paar Wochen mit Karin auf dem Land zu verbringen. Mutter wird eifrig: Flemming ruft Bitten und Elin an, Mutter ruft Karin an, die nicht ganz leicht zu überreden ist. Martin und Flemming müssen in die Stadt fahren und die Sache diskutieren, aber am Ende ist alles geregelt. Elin und Bitten werden in wenigen Tagen kommen.

Mutter hat selbst verfügt, in welcher Kirche die Beerdigungszeremonie gehalten und in welchem Restaurant hinterher ein Empfang stattfinden soll. «Es soll kein Kaffeekränzchen sein», hat sie gesagt, «die Gäste sollen gute Salate bekommen und Wein.» Mit der Post kommt ein Brief von Pastor Jörgen, mit dem Mutter die Beerdigungschoräle besprochen hat. Sie wolle keine Lieder, die vom Teufel und vom Blut des Lamms handeln, hat sie erklärt, sondern nur Lieder von Licht und Freude. Ich sitze neben ihr im Gras und lese den Brief vor. Mutter und Jörgen hatten sich bereits auf drei Choräle geeinigt: «Der Mond ist aufgegangen» – «Den gesegneten Tag mit Freude wir sehn» – und «Sieh, nun steigt die Sonne aus des Meeres Schoß». Im zweiten Choral findet sich der Vers, in dem von den Freunden im Licht die Rede ist. Jetzt schreibt Jörgen, er meint, man bräuchte noch einen Choral, um ihn am Grab zu singen, wenn der Sarg herabgelassen wird.

Als ich so weit gekommen bin, bleiben mir die Worte im Hals stecken. Mutter bewegt sich etwas unruhig. «Aber ich werde doch gar nicht beerdigt, ich werde eingeäschert», protestiert sie.

Im übrigen ist sie zufrieden, und sie streckt die Hand aus und zeigt, wie zuerst der Mond und dann die Sonne aufgehen werden, wie der Tag auf die Nacht folgt.

Am Nachmittag kommt Eero – das Testament ist fertig, und wir haben eingesehen, daß Mutter nicht zum Unterschreiben in die Stadt kommen kann, jetzt nicht und später nicht. Wir brauchen Zeugen, und wir rufen Calle im Gråbölehof an, der Mutters Acker pachtet, und er erklärt sich bereit, zusammen mit Eeva, seiner Frau, zu erscheinen. Bevor alle eintreffen, fragen wir uns, wie Mutter das verkraften soll, aber als es soweit ist, bittet sie darum, sie hineinzutragen und aufs Sofa zu legen. Sie möchte sich aufsetzen, und wir schaffen es tatsächlich, sie mit Kissen im Rücken aufzurichten. Eeva hat einen Waldblumenstrauß dabei, für den sich Mutter bedankt, und dann fragt sie Calle nach den Ernteaussichten. Wir haben uns um sie versammelt: Martin, Eero, Ville, Calle, Eeva und ich. Als Eero anfängt vorzulesen, merke ich, daß der braune Pullover, den wir Mutter übergezogen haben, am Ärmel ein Loch hat, aber nicht einmal dieses Loch mindert ihre fast biblische Würde. Eero liest: «Hiermit erkläre ich, Annamarie Schreck, als meinen äußersten Willen und mein Testament, daß nach meinem Hinscheiden folgendermaßen mit meiner Hinterlassenschaft zu verfahren ist –» In diesem Moment breche ich in Tränen aus und muß in die Küche hinausgehen. In der Küche lehnt Inger weinend am Herd, während Grethe den Tisch deckt und Lachsbrote zurechtmacht. «Inger ist wie unser Vater – der war auch schrecklich empfindsam», sagt Grethe. «Ich erinnere mich, wie wir auf Onkel Emils Beerdigung waren. Onkel Emil war an Schwindsucht gestorben, und das war wirklich ein Jammer, denn erstens war er nicht alt und zweitens hatte er seine Tochter angesteckt, die gerade ein Kind bekommen hatte, und damit das Kind sich nicht auch noch ansteckte, mußte Onkel Emils Tochter es weggeben. Aber beim Begräbnis haben keineswegs die Witwe oder die Tochter am meisten geweint, sondern Vater und Inger – ja, die weinten so sehr, daß die Witwe schließlich herauskam und versuchte, sie zu trösten und zu sagen, so schlimm sei es wohl auch wieder nicht. Ich hab übrigens die Aquavitflasche ins Kühlfach gelegt –»

Inger und ich sind noch rotgeweint, als Martin, Calle, Eeva und Eero in die Küche hinauskommen. Wir setzen uns zu Tisch, essen Lachsbrote, trinken Aquavit und schwatzen.

«Es ist doch komisch, daß ausgerechnet eure Mutter –» sagt Eeva.

Keiner hat eine richtige Antwort darauf. Nicht bis Calle sagt: «Ja, diesen Weg werden wir ja alle wandern.»

Und dann nickt er seiner Eeva zu, und sie brechen auf und wandern den kurzen Weg durch den Wald zum Gråbölehof.

5. Juli – Zusammen mit einem guten Freund fahre ich zum Markt von Tölö, gehe zwischen den Ständen herum und kaufe Erdbeeren. Ich versuche mich als Touristin zu fühlen, ich versuche mich zu erinnern, wie ich mich als Touristin gefühlt habe, ohne einen anderen Gedanken als den, wo die nächste Mahlzeit einzunehmen ist.

Greetings from Helsinki.

Ville und ich sind gestern abend mit Eero in die Stadt gefahren. Martin wollte bei Mutter schlafen, und ich merkte, daß ich das Bedürfnis hatte, in meinem eigenen Bett zu schlafen. Bin ich geflüchtet? Ich bin so müde. Todmüde. Todmüde? Das ist ein Wort, das ich nicht mehr leichtfertig benutzen will. Mutter mag todmüde sein – aber ich?

Ich bin müde von ihrem Tod.

Der Frau im Supermarkt geht es besser, wie sie sagt. Sie sagt, das Stehen falle ihr jetzt auch leichter, weil sie neue Schuhe gekauft hat. «Aber ich denke immer noch dran, wie sonderbar es ist, daß man so schwach werden kann.»

6. Juli – Heute ist Großvaters und Großmutters achtzigster Hochzeitstag. Ich habe mit ihnen ihre Goldene Hochzeit gefeiert: Am Morgen brachten wir ihnen ein Ständchen, sie spielten die Überraschten, kamen in Morgenmantel und Pantoffeln heraus und nahmen unsere Huldigungen unter dem Ehrentor entgegen, das wir im Garten errichtet hatten, mit Fähnchen, Blumen und ihren Initialen. Am Abend gab es ein Festessen. Ich hatte mein Konfirmationskleid an und durfte mit ein paar älteren Cousins tanzen. In einen davon war ich ein bißchen verliebt, und seinetwegen hatte ich meine Haare auf Lockenwickler gedreht. Es wurden Reden gehalten und Lieder gesungen, die von den Gästen selbst verfaßt waren. Bei dieser Gelegenheit hat Großvater gesagt, es gebe für jeden Mann nur eine Frau, welche die *Richtige* ist, und er für sein Teil habe das gewaltige Glück gehabt, die Frau zu finden, die für ihn die *Richtige* ist. Eines der Lieder begann: «Festtag ist es stets am siebten Juli / in Familie Cleemanns großem Kreis.» Das ist wahr – an diesem Tag aß man immer ein besonders gutes Mahl, mit Erdbeeren und Schlagsahne zum Nachtisch.

Als Ville und ich am Morgen wieder nach Kiri hinausfahren, habe ich Erdbeeren dabei. Martin erwartet mich am Bahnhof. Ich wollte schreiben «Martin erwartet mich wie gewöhnlich» – allmählich empfinde ich es fast so. Irgendwie gewöhnt man sich. Wir gehen zuerst in den Spirituosenladen, denn die Tanten haben sich darüber beschwert, daß der Wein ausgegangen ist, und Mutter hat zu Martin gesagt: «Kauf sechs Flaschen Château La Mee, der ist billig und ziemlich gut.» Im Auto erzählt Martin vom Besuch der Gemeindeschwester am Tag zuvor. Sie hat Martin angeboten, ihm zu zeigen, wie man Morphiumspritzen gibt, und als sie sah, wie schwer es für Mutter war, im Bett eine bequeme Stellung zu finden, und wie viele Kissen nötig waren, um ihren Rücken zu stützen, hat sie gesagt, sie würde uns ein Krankenhausbett besorgen. Dasselbe Krankenpflegesystem, das nicht in der Lage war, uns eine Peroneusstütze oder eine Überweisung ins Terhoheim zu verschaffen, bietet uns jetzt an, ein Krankenhausbett Dutzende von Kilometern in den Wald zu transportieren. Oder vielleicht ist es nicht das Krankenpflegesystem, sondern speziell diese energische, praktische junge Frau, die übrigens selbst schon Krebs hatte, wie sie erzählte, jedoch zu denen gehört, die wieder gesund geworden sind.

Es gibt tatsächlich Menschen, die wieder gesund geworden sind.

Als Martin sie fragte, was wir tun müßten, um Mutter, wenn nötig, ins Krankenhaus zu bringen, hat sie geantwortet: «Es ist gar nicht sicher, daß es nötig sein wird. Das scheint doch hier alles gutzugehen –»

Da hatte Mutter wieder gesagt: «Nein, wenn es mir richtig schlechtgeht, will ich doch lieber ins Krankenhaus.»

Martin erzählt auch, daß sie am Tag zuvor, als sie wie gewöhnlich draußen lag, plötzlich von ihrer Matratze heruntergerollt ist. Als Martin und Flemming herbeistürzten, um sie wieder hinaufzuheben, hat sie gesagt: «Ich kann es selber.»

Und sie konnte es tatsächlich selber.

«Könntest du dir vorstellen, Mutter Morphiumspritzen zu geben?»

«Ja», sagt Martin.

Als wir ankommen, berichten die Tanten, daß sie gesagt hat: «Ja, hier liege ich wie im Lustgarten des Paradieses, aber es wäre nicht übel, auch Engelsflügel zu haben.» Im nächsten Augenblick wollte sie wissen, ob wir das Boot schon zu Wasser gelassen hätten: «Es ist ja höchste Zeit, daß wir das Boot ins Wasser bekommen.»

Sie hat immer noch wir gesagt.

Sie liegt unter einem ihrer Apfelbäume. Sie ist so klein, so klein – es ist, als wäre sie seit vorgestern noch kleiner geworden. Die

Tanten sitzen bei ihr, lesen Zeitung und schwatzen. Inger ist bei den Todesanzeigen angekommen. «Hier steht ‹ist friedlich entschlafen›», sagt sie. «Wie häufig, meint ihr, kommt es wirklich vor, daß Menschen friedlich entschlafen?» Das weiß keiner von uns.

Wir wünschten, wir wüßten es. Grethe fragt sich, wie ihr Mann wohl zurechtkommt: Freilich, bevor sie abreiste, hat sie Mahlzeiten für ihn vorgekocht, die Tiefkühltruhe gefüllt und ihm genau erklärt, was er zu tun hätte, aber trotzdem . . . Tante Inger wird im April achtzig – sie ist neun Monate nach der Hochzeit ihrer Eltern geboren. Niemand würde glauben, daß sie achtzig wird. Vor sechs Monaten hätte niemand geglaubt, daß Mutter einundsiebzig wird. Mutter ist sehr matt, meist liegt sie mit geschlossenen Augen da, manchmal sind die Augen offen, und dann sieht man, daß es ihr schwerfällt, den Blick zu fixieren. Zuweilen aber ist sie bei vollem Bewußtsein, folgt dem Gespräch, sagt ein paar Worte, lacht auf. Es ist sehr warm, und bevor ich mich zu ihr setze, vertausche ich die Sommerbluse mit einem Sonnentop. Ich denke darüber nach, wie verschieden Sterbebetten sein können. Vater starb am letzten November, die Bäume waren kahl, es war ein schneeloser Winter und entsetzlich dunkel. Er starb im Krankenhaus, aber mehrere Tage lang geschah nichts anderes, als daß die Krankenschwestern hereinkamen und seinen Blutdruck maßen. «Wie ist mein Blutdruck?» fragte er ständig. «Ist mein Blutdruck gut?» Wenn ihm zuweilen übel wurde und er nach einer Brechschale griff, sagte er: «Jetzt mußt du hinausgehen. Es ist bestimmt nicht angenehm für dich, das zu sehen.» Bis ins letzte wollte er mich beschützen, aber es ist nicht gut, geschont zu werden.

Außerdem machte er sich Sorgen wegen dem Sechsten-Dezember-Empfang in Ankara – die Einladungen waren natürlich schon verschickt, er war so lange wie irgend möglich in Ankara geblieben, um beim Sechsten-Dezember-Empfang Gastgeber zu sein. «Wissen sie, daß ich nicht dabeisein kann?» fragte er. «Haben sie das Telex bekommen?» Bis zuletzt war er Beamter – er starb mit vielen Wochen ungenutzten Urlaubs. Am letzten Tag war er bewußtlos – jedenfalls glaubten wir, er sei bewußtlos. Als ich am letzten Abend bei ihm saß, kam eine Krankenschwester herein und sagte freundlich ermunternd: «Sie können seine Hand halten

– es ist durchaus möglich, daß er das noch spürt. Man weiß eigentlich sehr wenig über das, was wir für Bewußtlosigkeit halten –»

Ich war ein wenig befangen: Es erschien nicht als natürlicher Teil des Umgangs zwischen Vater und mir, daß wir uns an der Hand hielten, doch ich wollte die freundliche Schwester nicht enttäuschen, und ganz behutsam legte ich meine Hand auf die seine.

Die Schwester hatte recht: Mein Vater konnte es noch immer spüren, denn er zog sofort seine Hand zurück.

Er starb am selben Abend, und daß er wirklich tot war, erkannte ich daran, daß eine Krankenschwester das Fenster öffnete und er nicht gegen den Zug protestierte.

Übrigens: Jetzt bin ich fast sicher, daß Ville diesen Pullover bekam, den Mutter an Vaters Sterbebett strickte. Er ist wohl kleiner geworden, als sie gedacht hatte.

Sterbebetten können so verschieden sein. Grethe erzählt von ihrer kleinen Mette, die mit knapp einem Jahr an Gehirnhautentzündung starb. «Ich bin ja kein besonders gläubiger Mensch, aber als ich da saß und Mette kämpfen sah und begriff, daß es dem Ende zuging, da hab ich doch gedacht: ‹Lieber Gott, nimm sie freundlich auf› –»

Mette war genauso alt wie ich, sie hätte genauso alt sein können wie ich.

Grethe erzählt auch von Großvaters Sterbebett. Kurz vor dem Ende wünschte er ein Glas Rotwein, und als Grethe den Wein in einem dickbödigen Alltagsglas servierte, wurde er so ärgerlich, daß sie genötigt war, ein ordentliches, geschliffenes Rotweinglas zu holen.

Aber dann fand er natürlich, der Wein schmecke auch so nicht besonders gut.

«Vater hat immer gesagt: ‹Um drei Uhr nachts drehen sich die Kühe um›», sagt Grethe. Ville lacht auf. Wir überlegen, warum die Kühe sich ausgerechnet um drei Uhr umdrehen. Aber eigentlich meinen wir es zu verstehen, ohne zu wissen – die Zeit zwischen Nacht und Morgen hat ihre eigene Magie.

Flemming hat Beefsteak mit Zwiebeln gemacht. Einige von uns

essen drinnen am Küchentisch, andere draußen bei Mutter. Zum Nachtisch essen wir die Erdbeeren. Natürlich ist viel die Rede von Großvater und Großmutter. Inger und Grethe erzählen die Geschichten, die Mutter auch immer erzählt hat. Durch mich sollen diese Geschichten weiterleben – und vielleicht durch Ville, der dabeisitzt. Vielleicht erreichen sie ihn auch von innen erwärmt, wenigstens mit einem Hauch von dem Milieu, in dem sie entstanden sind. Dank der Anwesenheit von Inger und Grethe verstärkt sich sein Gefühl für dieses Milieu. Ich bin dankbar dafür, daß Inger und Grethe da sind. Hin und wieder lächelt Mutter. Mehrmals sagt sie: «Ich fühle mich so wohl. Ich liege so gut.» Manchmal sieht sie zu uns auf, läßt den Blick in die Runde gehen und fragt: «Geht es euch auch gut?»

Es ist hell, und da völlige Windstille herrscht, ist der Abend lau, so daß es fast zehn ist, bevor wir daran denken hineinzugehen. Mutter hat schon seit langem gesagt: «Wenn Inger und Grethe kommen, sehen wir uns die Schmalfilme an.» Seit den fünfziger Jahren hat Mutter mehrere Jahrzehnte lang fleißig gefilmt: Martin und ich wurden als beweglicher Vordergrund für schöne Landschaften abkommandiert, mußten vor Tempeln oder Ruinen auf und ab gehen, und wenn Mutter zu Besuch in Dänemark war, zeigte sie immer den Eltern, Geschwistern und Geschwisterkindern ihre Filme aus China, der Türkei, Bulgarien, Indien. Als Teenager war es mir lästig, sowohl Darsteller wie Publikum zu sein, aber als die Jahre vergingen und die Filme verblaßten, ergriff mich allmählich eine Art wehmütiger Liebe zu ihnen, ich versöhnte mich sogar mit dem zugleich unsicheren und verwöhnten Kind, das ich war. Jetzt beschließen wir, den Film zu sehen, den Mutter bei der Goldenen Hochzeit von Großmutter und Großvater gemacht hat.

«Hast du Lust auf Filme?» fragen wir Mutter.

Sie nickt schwach.

Flemming und Martin tragen sie hinein. Gestern konnte sie noch aufrecht im Korbstuhl sitzen. Jetzt kann sie das nicht mehr, sie sackt zusammen. Ich finde, sie sollte sich hinlegen, aber Martin sagt: «Sie will doch Filme sehen – dann muß sie das doch dürfen –»

Wir sind wie ein Elternpaar, das sich nicht einig ist, was unser Kind darf und was es nicht darf.

Martin stellt den Projektor auf, die Tanten und Ville versammeln sich im weißen Saal, setzen sich. Flemming trägt ein Tablett herein: Es gibt Kaffee und Kognak, denn es ist immer noch Großvaters und Großmutters Hochzeitstag.

Mutter sitzt einfach so da in ihrem Korbstuhl, und ich selbst habe keine Lust auf Filme. Ich sage: «Wenn Mutter sich jetzt hinlegen darf, leiste ich ihr gern Gesellschaft.»

Martin gibt nach, und Mutter wird ins Nebenzimmer getragen. Wir ziehen sie aus und versuchen ihr die Medizin zu geben, aber sie mag nicht. Zum erstenmal gelingt es Martin nicht, sie auf den Toilettenstuhl zu setzen, und so bekommt sie eine Windel – die Gemeindeschwester hat gestern an alles gedacht, sie hatte sogar ein Paket Windeln dabei. Wir haben sie auf den Topf gesetzt und jetzt windeln wir sie, aber sie ist dabei noch immer sie selbst.

Sie ist nicht gedemütigt.

Als Mutter endlich auf dem Sofa liegt, ziehe ich selbst rasch ein Nachthemd über und lege mich neben sie auf den Fußboden. Die anderen haben mit dem Film angefangen – durch die Tür höre ich den Projektor surren. Eine Stunde später kommt Martin herein und fragt, ob Mutter ihre Tabletten genommen hat. Das hat sie nicht, und ich finde, sie muß sich nicht zwingen, ich spüre, es macht jetzt keinen Unterschied mehr.

Martin ist anderer Meinung, und ich sehe ein, daß er seinen Willen haben muß: Diese letzten Tage ist er es, der Mutter wirklich gepflegt hat, sie war seine Patientin.

Als die anderen ins Bett gehen, ist es schon nach Mitternacht. Der Hochzeitstag ist vorbei, aber Mutter kommt nicht recht zur Ruhe. «Als Soldat hat man es bestimmt schwer», sagt sie plötzlich.

«Warum denn?»

«Na ja, weil man sich ständig umziehen muß.»

Sie phantasiert, denke ich enttäuscht, denn ich hatte eine Lebensweisheit erwartet. Aber dann glaube ich zu verstehen, was sie meint: Sie kämpft, natürlich hat sie kämpfen müssen, obwohl sie es nicht zeigen wollte, und ein Teil ihres Kampfes bestand darin, unsere praktische Fürsorge um sie zu ertragen.

«Ich finde, jetzt solltest du wirklich deine Ruhe haben.»

«Das finde ich auch», antwortet sie und lächelt ein wenig, aber nach einem Augenblick scheint sie wieder zu phantasieren: «Muß ich zu Tisch aufstehen?»

«Nein», sage ich und umarme sie. «Nein, du mußt nicht zu Tisch aufstehen. Du liegst hier auf deinem eigenen Sofa in deinem eigenen Kiri mit deiner eigenen Tochter neben dir.»

«Jetzt bin ich klein, und du bist groß.» Sie sagt es sehr deutlich.

Noch immer findet sie keine rechte Ruhe. Sie zieht immerzu die Beine an – das rechte Bein kann sie allein anziehen, mit dem linken, das angeschwollen ist, muß ich ihr helfen. Ich liege neben ihr auf meiner Matratze, ich würde gern schlafen, ich frage sie: «Wollen wir jetzt versuchen zu schlafen?»

Aber ihr linkes Bein fällt dauernd herab, und ich muß ihr wieder und wieder helfen, es anzuheben. Ich tue das schläfrig und fast zerstreut, wie damals, als Ville in seinem Babykorb neben mir lag und ich ihm wieder und wieder den Schnuller gab, den er dauernd fallen ließ und dauernd zurückforderte.

Mutter jammert ein wenig. «Oh, nein», sagt sie, und dann: «Oh, ja.» Jetzt bin ich beunruhigt. Was sollen wir machen, wenn sie plötzlich Schmerzen bekommt? Wo sollen wir hier Morphium für sie herkriegen?

Ich streiche ihr übers Haar und frage: «Tut es so weh?»

«Nein», sagt sie. «Es tut nicht so weh. Ich bin nur so müde.» Und fast pedantisch fügt sie hinzu: «Das ist ein Unterschied.»

So liegen wir da Seite an Seite, und ich horche auf ihre Atemzüge. Plötzlich bringt mich etwas dazu, aufzustehen und Licht zu machen. Als ich sie sehe, erkenne ich, etwas hat sich verändert, ihr Atem hat sich verändert. Sie ist bei vollem Bewußtsein, sie sieht heiter aus, fast erwartungsvoll. Ich setze mich zu ihr, ich halte sie fest, wir sehen einander in die Augen, ich rede, und sie versucht, etwas zu sagen, aber ich verstehe nicht, was sie sagt, also antworte ich, ich könne sie nicht verstehen, aber das mache wohl nicht soviel aus, das Wichtigste sei, daß wir einander so gern haben.

Hinterher denke ich, sie hat bestimmt gesagt, ich soll keine Angst haben, und das habe ich auch nicht, vielmehr teile ich ihre Freude.

Ich rede weiter, ich benutze uralte Kosenamen aus meiner frühesten Kindheit, ich glaube, ich sage etwas über meinen fünfzigsten Geburtstag, daß sie bestimmt meinen fünfzigsten Geburtstag mitfeiern wird, und mehrmals sage ich. «Das geht doch gut – das geht doch fein – du bist so tüchtig –»

Sie ist nicht mehr müde, sie konzentriert sich auf ihren Atem, der sehr rhythmisch ist und zugleich langsamer wird. Ich weiß nicht, ob sie ihren Atem willentlich kontrolliert, doch ihr Wille und ihr Atem sind eins. Und auf einmal ist es vollbracht: Sie ist nicht entschlafen, sie hat nicht den Geist aufgegeben und schon gar nicht hat sie aus-gelitten, sie hat ausgeatmet.

Es ist halb drei, draußen wird es hell, und die Vögel fangen zaghaft an zu singen. Ich gehe hinauf und wecke Martin: «Ich glaube, Mutter ist tot.»

Auf einmal fürchte ich, daß sie nicht tot ist, daß noch etwas bevorsteht. So leicht kann es doch nicht sein zu sterben?

Martins Reaktion ist eine andere: Er hat Mutter schließlich gepflegt, er hat sich viel Mühe gegeben, sie zu pflegen, sie am Leben zu erhalten, er hat sich darauf vorbereitet, ihr Morphiumspritzen zu geben. Für ihn ist es, als hätte er eine Patientin verloren.

Als wir hinunterkommen, liegt sie so da, wie ich sie verlassen habe. Gott sei Dank liegt sie genau so da, wie ich sie verlassen habe. Meine Bewegungen sind jetzt ungeschickt, ich stoße gegen die Tür, so daß sie zuknallt. Ich zucke bei dem Geräusch zusammen, aber Mutter reagiert nicht. Ich erinnere mich an Mutters Traum von ihrem eigenen Sterbebett, und bittend sage ich zu Martin: «Das ist doch gutgegangen –» Martin sagt nichts, er sitzt neben ihr auf dem Sofa und sieht sie an. Wir beide sehen sie an, ihre Augen sind noch offen, ich hatte mir vorgestellt, ein gebrochener Blick würde etwas Erschreckendes haben, aber Mutters Blick hat nichts Erschreckendes. Trotzdem schließen wir ihr die Augen, denn wir wissen, das ist das erste, was man tun soll. Es ist Martin, der es tut.

Nach einer Weile wecken wir die anderen: Flemming, Ville, Inger und Grethe. Wir versammeln uns um Mutter, die Stimmung ist andächtig, aber zugleich heimelig – ich habe noch immer mein rot-weiß gestreiftes Nachthemd an, Ville, der ohne Pyjama schläft, hat sich einfach in seine Bettdecke gehüllt. Immer noch ist es Martin, der sich um Mutter kümmert. Er macht ihr die Nägel sauber – es sieht aus, als sei sie mit Kartoffelerde unter den Nägeln gestorben, aber sie soll gepflegt aussehen, wenn sie uns verläßt. Martin und Flemming ziehen ihr das orangefarbene Yogagewand an. Martin faltet ihr die Hände, doch da greift Ville ein. «Großmutters Hände sollen in Yogastellung liegen», sagt er und breitet sie aus, so daß sie gleichsam die Welt umarmen. Wir stellen Blumen neben sie und zünden eine Kerze an.

Ich weiß, daß man die Polizei verständigen muß, wenn jemand zu Hause gestorben ist, aber es ist Martin, der es tut. Bereits um halb fünf steht der Polizeiwagen drüben am Waldrand neben Mutters kleinem roten Briefkasten, und daneben ein Leichenwagen. Die Polizisten sind jung und wirken unsicher. Man sieht ihnen an, daß sie sich gern verhalten würden, wie es der Situation angemessen ist, aber sie haben keine Ahnung, was angemessen ist. Sie treten ein und gehen zu Mutter. «Was für Medikamente hat sie bekommen?» fragt der eine.

Es ist, als würden wir in einem Kriminalfilm mitspielen. Mord im Sommerhaus, hauptverdächtig: die Kinder des Opfers.

Wir deuten auf den Nachttisch. Der Polizist notiert: V-pen mega, Dexametason, Temgesic.

«Wer ist der zuständige Arzt?»

Martin und ich sehen uns an. Die Frage haben wir uns wirklich oft gestellt, aber in diesem Moment hat sie keine Bedeutung. Wir erklären, daß Mutter in der Zweiten Chirurgischen Klinik im Mejlans operiert wurde, und es scheint, die Polizisten sind endlich bereit zu akzeptieren, daß dies kein ganz unerwarteter Todesfall ist.

Wir fragen, wohin sie Mutter jetzt bringen wollen. Sie sagen, ins Krankenhaus von Salo. Aus dem Leichenwagen wird eine Bahre geholt, und Mutter wird darauf gelegt. Nein, nicht geworfen, aber sie wird ziemlich unsanft hingelegt, und das Gesicht wird mit einer Plastikplane zugedeckt.

Da protestiere ich. «Laßt ihr Gesicht frei, bis ein Arzt sie angesehen hat», appelliere ich.

Sonderbar: Ich will, daß Mutter tot ist, aber ich will nicht, daß man sie wie eine Leiche behandelt.

Martin, Flemming, Ville, Inger, Grethe und ich stehen zusammen draußen auf dem Hof und sehen zu, wie sie Mutter hinaustragen. Wir stehen genau an der Stelle, wo man immer steht und winkt, wenn jemand zu Besuch war und sich auf die Heimreise macht.

Dann gehen wir hinein und trinken Kaffee. Ich backe Kiribrot und ritze sorgfältig einen Mond, eine Sonne und ein Kreuz in das Brot, bevor ich es in den Ofen schiebe. Beim Kaffeetrinken sagt Martin: «Heute müssen wir das Boot zu Wasser lassen.»

Es ist fünf Uhr, es ist Sonntag morgen. Es ist der 7. Juli.

UND DANACH

Mutters Todestag schien sehr lang.

Wir sahen uns um, Martin und ich, unter all den Dingen, die uns noch vor wenigen Stunden unentbehrlich vorgekommen waren: die Temgesic-Packung, die Cortison-Schachtel, das Penicillin. Der Strumpf für den kranken Fuß. Alle Kissen: das kleine Kissen, das direkt unter den Kopf gehörte, und die größeren, die unter dem kleinen aufzustapeln waren und unter dem Rücken. Die Krankenversicherungskarte, die sozusagen der Beweis dafür war, daß es Mutter gab.

Vielleicht ist das ein Teil der Befreiung, die der Tod bringt: von seiner Krankenversicherungskarte unabhängig zu sein?

Ich erinnerte mich an Mutters Traum. Ihr Tod war gutgegangen, aber in Mutters Traum waren es ja wir beide, die da standen. «Bist du traurig, weil ich dich nicht geholt habe?» frage ich Martin.

«Nein», sagt er. «Ich glaube, jeder von uns hat seine Rolle gefunden.»

Ich bekomme einen Brief von Agneta. Auf dem Sterbebett hörte ihre Mutter mittelalterliche Musik für Laute und Flöte. Ein kleines Enkelkind spielte unbekümmert im Bett, die Katze strich vorbei. Hinterher hatte jeder seine Aufgabe: Agnetas Vater streute Tannenzweige aus und schmückte den Hauseingang, indem er kleine Fichten fällte und sie zu beiden Seiten der Auffahrt aufstellte. Agneta und ihre Schwester wuschen ihre Mutter.

Ich lese Martin den Brief vor. «Wir hätten Mutter nicht ungewaschen nach Salo fahren lassen dürfen», sagt er.

Ich erwache mit einem Ruck. Ist es Temgesic-Zeit? Ist es Penicillin-Zeit? Es ist halb drei. Auch hier in der Villagatan wird es allmählich hell, und die Vögel haben zaghaft angefangen zu singen. Bald werden die Kühe sich umdrehen.

Noch im Bestattungsunternehmen empfinde ich Erleichterung, fast Euphorie. Die Dame, die uns empfängt, ist sehr freundlich, es kommt mir in den Sinn, daß sie viel freundlicher ist als irgend jemand im Mejlans.

(Aber Bestattungsunternehmen sind natürlich auch den Marktgesetzen unterworfen.)

Es macht uns Schwierigkeiten zu erklären, wo wir unsere Verstorbene haben: «Die Polizei hat sie mitgenommen –»

Die Dame hat bestimmt schon so manches erlebt, denn sie zuckt nicht mit der Wimper.

Nachdem wir den Sarg und die Urne ausgesucht haben – die Urne ist aus Naturholz und sieht aus wie ein Nistkasten –, frage ich die Dame, welchen Sarg und welche Urne sie sich selbst wünschen würde. Das beflügelt sie richtig, und schließlich ist das ganz natürlich, sie hat immerhin ein langes Berufsleben zwischen Särgen und Urnen verbracht, und da blieb ihr genug Zeit zum Nachdenken. Nachdem sie uns gezeigt hat, was sie sich vorstellt, frage ich: «Sie sind also sicher, daß Sie sich einäschern lassen wollen?»

«Nein», sagt sie. «Nein, eigentlich nicht. Im Winter will ich mich einäschern lassen, aber im Sommer denke ich oft, ich würde doch lieber in die Erde kommen.»

Das muß ich unbedingt Mutter erzählen, denke ich, das würde Mutter gefallen. Es würde ihr auch große Sympathie für die Dame einflößen, die jetzt ihre Beerdigung arrangiert.

Zwei Nächte später träume ich, daß Mutter hier in der Villagatan an der Tür klingelt. Als ich aufmache, steht sie da, verschwitzt und wütend.

«Warum zum Kuckuck habt ihr zugelassen, daß sie mich nach Salo fahren?» fragt sie.

«Jetzt muß ich den ganzen Weg nach Hause radeln.»

Da werde ich meinerseits wütend.

«Das ist ja wohl reichlich spät, heute hier aufzutauchen, wo deine Todesanzeige in der Zeitung steht.»

Jetzt, da Mutters Todesanzeige in der Zeitung steht, verstehe ich, daß sie wirklich tot ist.

Es heißt, die meisten Menschen könnten sich vorstellen, daß jeder beliebige sterben kann – ausgenommen sie selbst.

Ich habe mir vorgestellt, daß jeder beliebige sterben könnte, ausgenommen Mutter. Ja, ich habe tatsächlich geglaubt, sie würde mich überleben.

Ich lese eine empirische Untersuchung über Reaktionen auf den überraschenden Tod eines nahen Angehörigen. Ein Ausgangspunkt für die Untersuchung ist, daß man unter sechzig sein muß, um einen überraschenden Tod zu sterben.

Jetzt, da Mutter gestorben ist, ist das Schlimmste geschehen.

Auch darin liegt eine Euphorie: Das Schlimmste ist geschehen, und ich habe es bewältigt.

Das Schlimmste?

Nein, Ville könnte sterben.

Vermutlich hat man nie das Schlimmste erlebt.

Freunde schicken Blumen und Briefe. Mutters Yogaschülerinnen, die durch die Jahre von Mutter Kraft bekommen haben, schreiben, sie wollen mir jetzt Strahlen von Kraft schicken.

Jemand schreibt, ich solle froh sein, daß zwischen Mutter und mir alles im reinen war. Jemand schreibt, ich solle froh sein, daß ich sie so lange behalten durfte.

Ja, ich bin froh.

Elsa schickt ein Gedicht von Tomas Tranströmer:

> Eines Tages werden wir uns von allem lösen.
> Wir werden die Luft des Todes unter den Flügeln spüren
> und milder und wilder werden als hier.

Dieses Gedicht paßt besser als jedes andere. Annlis schreibt, sie und Auli H. hätten eine Flasche Champagner entkorkt und Mutter gefeiert und «hatten das Gefühl, sie schwebe über uns und sei zufrieden».

Auch ich habe das Gefühl, daß sie jetzt zufrieden ist, nachdem sie die Hülle des Körpers losgeworden ist, daß sie findet, sie habe ihre Abreise auf die denkbar beste Weise vorbereitet, daß sie wünscht, Martin und mir möge es gutgehen, aber daß sie keineswegs weinerlich auf uns herabsieht, sondern im Gegenteil mit ihren eigenen Dingen vollauf beschäftigt ist.

Es gibt ein Zitat, über das ich lange sinniert habe: «Starke Menschen brauchen keine Freunde.»

Ich habe das immer für falsch gehalten, dabei weiß ich aber: Mein Leben kann das nicht widerlegen.

Das kann hingegen Mutters Leben.

Mutters Freunde versammeln sich und laden auch Martin, Flemming, Ville und mich ein. Während wir essen, schwatzen, kann ich nicht umhin, zur Tür zu sehen, in der Erwartung, daß sie hereinkommt.

Wenn gerade wir versammelt sind, muß sie doch dazukommen.

Auf dem Heimweg denke ich, daß ich sie auf jeden Fall anrufen und ihr erzählen muß, wie nett wir es hatten.

Jemand fragt, wie es kommt, daß ich Dänisch kann. «Meine Mutter ist Dänin», sage ich. Dann korrigiere ich mich: «Meine Mutter *war* Dänin.» Als ich zum erstenmal sage, meine Mutter war Dänin, begreife ich wirklich, daß sie tot ist.

Begreife ich es wirklich?

Wieder und wieder meint man, jetzt habe man es wirklich verstanden.

Noch immer erwache ich nachts um halb drei.

Nacht für Nacht erwache ich um halb drei.

Warum wollte ich – im Gegensatz zu Martin – so gern, daß Mutter gerade in dieser Nacht sterben sollte? Weil ich fand, es sei schön, es könnte gute Literatur daraus werden?

Oder dachte ich an meine eigene Bequemlichkeit, daran, daß ich jetzt genug hatte?

Nein, sie wollte bestimmt genau in diesem Moment sterben: Auch wenn sie früher vom Fest heimkehren mußte als gedacht, glaube ich, sie hatte Freiheit genug, die Stunde selbst zu wählen. Und sie ging nicht von uns, bevor sie starb.

Es ist Ferienzeit, und die Stadt ist menschenleer und unwirklich. An eine Wand hat jemand geschmiert: «Das Leben ist wunderbar.» Im ersten Moment denke ich, da steht: «Das Leben ist verwundbar.» Das Leben ist sowohl – als auch: es ist wunderbar, weil es verwundbar ist.

Ich erinnere mich, wie alle, die ich traf, davon sprachen, was sie im Sommer machen wollten. Jetzt machen wohl alle das, wovon sie damals sagten, sie wollten es machen.

Martin und ich sind dabei, Mutters Sachen durchzugehen. Jetzt haben wir eine Hitzewelle, und uns wird heiß beim Tragen, Heben und Umstellen.

Es ist eine Trauerarbeit, die wir verrichten. «Mama, hilf mir!» denke ich.

Wir öffnen Mutters Bankfach. Unter dem Schmuck, den sie von Vater bekommen hat, liegen ihre dänische Personenstandsurkunde, ihr dänisches Abiturzeugnis, ihre Arbeitsbescheinigung von der Zeitung in Åbenrå, ihr dänischer Paß mit dem Visum für Finnland, von Vater ausgestellt.

Meine Mutter war Dänin?

Nein, meine Mutter *ist* Dänin.

Meine Mutter *ist*.

Agneta kommt zu Besuch. Wir unterhalten uns über Phrasen. «Es ist ja traurig, daß deine Mutter –» klingt wie: «Es ist ja traurig, daß es geregnet hat.»

Pastor Jörgen und Thora und Onkel Jörgen und Else sind unterwegs. Martin und ich überlegen, wie wir sie empfangen wollen. Wir fühlen uns wie zwei Kinder, die versuchen, die Freunde ihrer Eltern zu empfangen, so gut sie es verstehen, so gut wie man es von Kindern verlangen kann, bis die Eltern heimkommen und alles in Ordnung bringen.

Die richtigen Erwachsenen, die legitimen Erwachsenen sind noch immer andere Menschen. Wir sind jetzt elternlos.

Aber das Silber kann ich ja immerhin putzen.

In einer von Mutters Schubladen finde ich ein Rezept für Eintopf. Sie hat es aus einer Illustrierten herausgerissen – und zwar rasch, denn der linke Rand ist etwas gezackt, und an den rechten Rand hat sie geschrieben: «Gut, aber für kleine Portionen.»

Diesen Eintopf werde ich für Pastor Jörgen und Thora und Onkel Jörgen und Else machen, aber die doppelte Portion.

Wie Mutter es gemacht hätte.

Plötzlich wird mir bewußt, daß meine Bewegungen denen von Mutter gleichen – daß ich in einem Topf rühre oder ein Glas einschenke wie sie.

Es ist, als würde ich in sie eintreten.

Ich suche eines von ihren schwarzen Kleidern für das Begräbnis aus. Ich weiß, das würde ihr gefallen – es gefiel ihr, daß ich ihre Kleider borgte, für mein Rigorosum und für meinen vierzigsten Geburtstag. Dieses Kleid ist eine Spur zu groß. Bevor ich ganz und gar in Mutter eintreten kann, muß ich wohl noch ein wenig wachsen.

Wieviel werde ich noch wachsen können?

Zugleich finde ich eine Bluse, an der ein Knopf fehlt, und der Knopf ist durch eine Sicherheitsnadel ersetzt. Mit einem Lächeln erkenne ich sowohl sie als auch mich selbst.

Ich habe auch mit Mutter gerungen – mit ihrer Kraft. Ich habe mich geweigert, Yoga zu lernen: Eine Tochter muß nicht auch noch Schülerin sein.

Wenn sie nicht vernichtet werden will.

Jetzt ist sie tot, und ich weiß nicht, ob ich in sie eintrete oder ob ich sie esse, sie kannibalisiere.

Es gibt auch Stücke von ihr, die ich ausspucken muß.

Aber sie hat ja auch gesagt: «Ich finde, du bist so stark geworden.» Und: «Jetzt bin ich klein, und du bist groß.»

Das war ihr letztes Geschenk

Halb im Scherz sage ich zu Ville: «Jetzt hast du gesehen, wie ein Sohn seine kranke alte Mutter pflegen kann –»

«Ja», antwortet Ville. «Wir können ja diesen Toilettenstuhl auf dem Speicher aufheben.»

Thora berichtet, sie habe einen Brief von Mutter bekommen, der an Silvester letzten Jahres geschrieben wurde. Mutter war an Silvester allein, und zuerst hat sie ein Bild gemalt, dann Blei gegossen.

Dann hat sie Briefe geschrieben.

Mutter hatte nie Schwierigkeiten mit Silvester.

Am Tag vor dem Begräbnis bricht der blaue Saab zusammen. «Der hält bestimmt bis an mein Lebensende», hat Mutter gesagt.

Eine Stunde vor dem Begräbnis schlägt das Wetter plötzlich um in ein Gewitter mit Platzregen.

Ville und ich sehen einander an.

«Was meint Großmutter wohl damit?»

Wir einigen uns darauf, daß sie scherzt.

Beim Begräbnis geht erst der Mond auf, dann die Sonne, Tag folgt auf Nacht. Und Pastor Jörgen hat seiner Predigt den Korintherbrief zugrunde gelegt:

Denn unser Wissen ist Stückwerk, und unser Weissagen ist Stückwerk. Wenn aber kommen wird das Vollkommene, so wird das Stückwerk aufhören.

Wir sehen jetzt durch einen Spiegel in einem dunklen Wort; dann aber von Angesicht zu Angesicht. Jetzt erkenne ich's stückweise; dann aber werde ich erkennen, gleichwie ich erkannt bin.

Nein, der Sarg sagt mir nichts, es ist einfach ein Sarg, aber als die sechs ungeübten Träger ihn zugleich feierlich und schwankend hinausbugsierten, meine ich, daß Mutter zuschaut und lächelt.

Ja, der Sarg wird hinausgetragen, obwohl Mutter eingeäschert werden soll, aber er wird nur zum Wagen der Bestattungsfirma getragen, und als der Wagen dann nicht gleich anspringt, bin ich sicher, daß Mutter laut lacht.

Anschließend kommen einige von Mutters Freundinnen zu mir

und sagen: «Aber Annamarie hat doch gesagt, ich dürfte sie nach dem 10. Juli wieder besuchen, sie hat doch gesagt –»

Es kommt mir in den Sinn, daß viele davon Töchter sind, die ihre Mütter vor mir verloren haben.

Ja, ich habe Glück gehabt, ich habe Glück gehabt.

Am Tag nach dem Begräbnis machen Martin und Flemming einen Bootsausflug im Hafen von Helsinki, zusammen mit Pastor Jörgen und Onkel Jörgen und Else. Wieder ist es ein strahlendschöner Sommertag. Die Rede kommt auf Nete, die nicht zum Begräbnis kommen konnte, weil sie zu einem Malkurs in Spanien ist.

Es war Mutters und Thoras Idee, daß Nete einen Malkurs besuchen sollte. Bestimmt ist Mutter jetzt zufrieden, denn Nete fällt es immer so schwer, sich Urlaub zu nehmen.

Wir sollen die Urne achtundvierzig Stunden nach dem Begräbnis abholen. Den ganzen Tag zwischen dem Begräbnis und der Urnenbestattung gebe ich mir Mühe, nicht daran zu denken, wie es ist, wenn Mutter eingeäschert ist, wenn ihr Körper vernichtet wird.

Ich höre ihre Stimme. Sie sagt: «Der Körper ist nur eine Hülle. Das Wesentliche ist *atma*, der Geist.»

Die Urne bekommt man im Krematorium ausgehändigt. Man muß nur den Empfang quittieren. In der Kanzlei des Krematoriums haben sie eine Kaffeemaschine und eine Mikrowelle – vielleicht ist es richtig gemütlich, da zu arbeiten. Gleich neben der Kanzlei gibt es ein kleines Zimmer mit ein paar Stühlen und einem Tisch aus geschmackvollem Naturholz, auf den ein Spotlight gerichtet ist. Offenbar kann man die Urne in den Lichtstrahl stellen und sich hinsetzen und sie ansehen.

Martin und ich nehmen die Urne statt dessen hinaus in die Sonne. Auch die Grube, in der die Urne versenkt wird, ist sehr tief. Der Totengräber schaufelt und schaufelt.

Erst als ich Mutters Namen auf dem Grabstein sehe, begreife ich wirklich, daß sie tot ist. Aber ihr Name ist verstümmelt – Cleemann ist nur mit einem n geschrieben.

Ich rufe die freundliche Dame im Bestattungsunternehmen an.

«Es fehlt ein Buchstabe in Mutters Mädchennamen», sage ich.

«Welcher denn?»

«Der letzte.»

«Gott sei Dank.»

Sie ist, wie gesagt, den Marktgesetzen unterworfen.

Mutter zu helfen, sich auf ihren Tod vorzubereiten, das war, wie ihr zu helfen, für eine lange Reise zu packen und sich bereitzumachen. Weder Martin noch ich verstehen so recht, warum wir nicht einmal eine Postkarte bekommen.

Ich treffe auf der Straße eine Bekannte. Sie hat es eilig, sie zögert, ob sie stehenbleiben soll, entschließt sich dann aber.

«Wie ist dein Sommer?»

«Ach, danke, meine Mutter ist kürzlich gestorben –»

Da bereut sie, daß sie stehengeblieben ist – sie wollte für einen Augenblick stehenbleiben und dann weitereilen, aber jetzt habe ich es ihr schwergemacht weiterzueilen.

Beim nächstenmal habe ich es selber eilig. Ein Bekannter, ein älterer Herr, bleibt stehen, ich bleibe auch stehen, er berichtet von seinen Zipperlein.

Schließlich fragt er: «Und wie geht es der Mama?»

«Danke, gut», sage ich und flüchte.

Das ist übrigens wahr: Keinen Augenblick zweifle ich daran, daß es ihr gutgeht. Tot kann sie viel besser sein als krank.

Jetzt habe ich schon längst die Namen auf Mutters Operationsbericht gesehen. Es ist sonderbar, all diese Namen haben als Bestandteil das finnische Wort für Stein – nicht nur die Chirurgin, die ich getroffen habe, sondern sowohl der Chirurg, der Mutter ursprünglich operieren sollte, als auch der, welcher tatsächlich für die Operation verantwortlich war, obwohl keiner von uns ihn gesehen hat.

Das ist ein Zufall, der wie Absicht wirkt.

Nein, Mutter ist nicht obduziert worden, und sie wäre auch selbst nicht an ihrem Obduktionsbericht interessiert gewesen, aber wir bekommen einen Totenschein, auf dem steht, daß sie um 5 Uhr 10 gestorben ist. Mit meinem Verstand sehe ich ein, daß dies der

Zeitpunkt war, an dem sie im Krankenhaus von Salo eintraf und ein Arzt ihren Tod feststellen konnte, aber mehrere Nächte träume ich trotzdem, daß sie sich im Leichenwagen aufsetzte und sich fragte, wohin sie unterwegs sei. Nach Salo wollte sie ja nicht –

Und außerdem: Warum ihren wahren Todesmoment verleugnen?

Ville und ich betrachten alte Fotos. Er findet ein Bild von sich selbst, als Säugling, in meinen Armen, unter der alten Zeder in Canterbury.

«Wie jung du damals warst», sagt er erstaunt. «Du warst nicht älter als ich heute.»

Ich finde ein Zitat von dem alten dänischen Schriftsteller Meyer Goldschmidt: «Der Mensch ist dazu da, die Ordnung zu erkennen und sich selbst in Ordnung zu bringen.»

Ich finde auch ein Zitat von Kierkegaard: «Die Erinnerung sichert dem Menschen im Leben ewige Kontinuität, daß sich gleichsam sein Erdenleben *uno tenore* abspielt, in einem Atemzug, in einem aussagbar.»

Mutter durfte ihr Leben erzählen, sie durfte das Muster in ihrem Leben entdecken. Durch die Erinnerung vermochte sie Erkenntnis über die Ordnung zu gewinnen und sich in Ordnung zu bringen.

Ich bekomme einen Brief von Alison, einer Mitschülerin, die ich seit Jahren nicht mehr gesehen habe. Sie hat von Mutters Tod gehört, sie schreibt davon, daß Mutter ihr beigebracht hat, wie man Knoten macht und wie man schwimmt, und sie gerettet hat, als sie zu weit hinausgeschwommen ist.

So leben die Toten weiter, in anderen, durch andere.

Die kleinen Berührungen –

Mehrere Wochen sind vergangen. Ich will, daß meine Freunde anrufen, von sich hören lassen. Manche tun es.

Manchmal gelingt es mir, an etwas anderes zu denken als an Mutter. Dann wünsche ich keine Anrufe – vor allem will ich nicht, daß die Anrufer fürsorglich klingen.

Thora, Nete, Inger, Grethe, Onkel Jörgen – alle schreiben sie mir, wie sie früher an Mutter geschrieben haben. «Als Gummistiefel noch etwas Neues waren, war es mein innigster Wunsch, ein Paar zu Weihnachten zu bekommen», schreibt Tante Grethe. «Ich konnte kaum an etwas anderes denken als an diese Gummistiefel, und schließlich habe ich Deine Mutter dazu überredet, an den Weihnachtspäckchen herumzufummeln. Da gab es tatsächlich ein Paar Gummistiefel für mich, aber als wir das herausgefunden hatten, schämten wir uns beide.»

Mit dem, was sie von ihr erzählen können, helfen mir Mutters engste Freunde, sie am Leben zu erhalten. Aber das ist nicht der einzige Grund, warum sie für mich wichtig sind – sie sind außerdem wichtig, weil sie durch ihr Wissen um Mutter auch mich kennen.

Im August fahre ich für eine Zeitlang nach San Francisco, zu Manfred. Auch hier ist Mutter tot, aber halb drei Uhr nachts ist halb fünf Uhr nachmittags geworden – am vorhergehenden Tag. Ich erinnere mich, wie ich in früheren Jahren hier zu Bett gehen konnte mit dem Gedanken: Mutter ist schon aufgestanden, sie hat schon einen neuen Tag angefangen.

Sie garantierte, daß es ein Morgen geben würde – auch für mich.

In der Bank in San Francisco findet die junge Chinesin hinter dem Schalter, meine Unterschrift auf dem Scheck würde nicht meiner Unterschrift im Paß ähneln. Ich schreibe meinen Namen noch einmal für sie – und er ist noch weniger ähnlich.

«Der Mädchenname Ihrer Mutter?» fragt die Chinesin hoffnungsvoll.

«Der Mädchenname meiner Mutter?»

Plötzlich erinnere ich mich: Als ich vor vier Jahren das Konto eröffnete, sagte man mir, daß der Mädchenname meiner Mutter in Situationen wie dieser als Codewort fungieren würde. Damals erschien es mir absurd – heute erscheint es mir gut, als würde sich noch ein Kreis schließen.

«Cleemann», sage ich.

Als ich von San Francisco nach Hause komme, halte ich auf dem Flugplatz noch immer nach Mutter Ausschau. Zum erstenmal ist sie nicht da.

Aber Eero ist da – der gemeinsame Jugendfreund von Mutter und mir.

Mutters kleines blaues Sofa steht jetzt bei mir. Es sieht aus, als wolle es nach Hause.

Die kleinen Berührungen – ich denke viel an die kleinen Berührungen. Was Mutter war, was sie zu geben hatte, ist noch vorhanden – nicht nur bei denen, die sie kannten, sondern auch bei vielen, die jemanden kennen, der sie gekannt hat.

Man kann gewiß zurückgeben, aber man kann auch weitergeben. Die kleinen Berührungen können sich von Mensch zu Mensch fortpflanzen, bis keiner mehr weiß, wer die Quelle war.

In diesem Sinn – zumindest in diesem Sinn – gibt es eine psychische Energie, die unzerstörbar ist.

Es ist Herbst. Ville ist zurück in England. Eines Tages haben wir ein langes Telefongespräch, und in der folgenden Woche bekomme ich einen Brief: «Es war schön, mit Dir zu sprechen. Dabei dachte ich an Dich und Großmutter. Eine Mama ist doch immer die Person, an die man sich wenden kann, die höchste Instanz. Was macht man, wenn es keine Mama mehr gibt?»

Es sind nicht nur Mütter und Töchter, die einander nahestehen können. Das hat Mutter ja auch wahrhaftig erfahren dürfen.

Noch immer kommen Rechnungen an Mutter. Solange man Rechnungen bekommt, kann man doch nicht richtig tot sein?

Eine Krankenschwester erzählt von einem jungen Motorradfahrer, der einen Unfall hatte und sterben mußte. Er wollte bei Bewußtsein sterben – er bat darum, bei Bewußtsein sterben zu dürfen.

Doch der Arzt wagte es nicht, ihm seinen Willen zu lassen, der Arzt hatte Angst vor seinem Tod und gab ihm ein Betäubungsmittel.

An Weihnachten gehen wir auf den Friedhof. Letztes Jahr war es Mutter, die die Expedition leitete, die Kerzen in den Laternen anzündete, die Tulpen niederlegte. Dieses Jahr ist es Ville. Links auf dem Grabstein steht Großmutters Name und Vaters und jetzt auch Mutters. «Für meinen Namen ist gerade noch Platz», sage ich zu Ville. Ich denke daran, daß er hier stehen wird, wenn ich fort bin, und das ist ein guter Gedanke.

Von diesem Grab aus gingen wir immer zum Grab von Vaters Tante auf dem alten Friedhof. «Ich glaube nicht, daß ich es finde», sage ich. «*Ich* finde es», sagt Ville. Er hat Vaters Tante nie gesehen, aber er ist es, der weiß, wo ihr Grab ist.

Ich denke an die Handgelenke der Tante.

Eine Freundin, deren Mann am zweiten Weihnachtsfeiertag vor einem Jahr starb, hatte ein so entsetzlich starkes Bedürfnis, mit jemandem zu sprechen, daß sie beim städtischen Krisentelefon anrief. Es war dauernd besetzt.

Am Dreikönigstag ist Mutter ein halbes Jahr tot. Ist das eine lange Zeit oder eine kurze? Ich weiß nicht. Noch habe ich es nicht begriffen.

Erst als Mutter nicht an meinem Geburtstag anruft, begreife ich, daß sie tot ist. An meinem Geburtstag rief sie früher an als sonst, um ganz sicher die erste Gratulantin zu sein. Dann versammelte sie meine engsten Freunde bei sich zum Lunch, und wenn ich kam, gab sie mir immer den Ordner mit meinen Artikeln vom vergangenen Jahr.

Ich merke, daß ich ihr böse bin, weil sie nicht anruft.

Ich merke, daß es in meinem Leben keinen Menschen mehr gibt, dem ich so böse sein kann wie ihr.

Nein, es kommt keine Postkarte, aber es kommen Grüße. Im Frühjahr findet Martin einen braunen Umschlag, auf dem steht «Meretes Artikel 1991».

Solange sie eine Schere halten konnte, hat sie weiter ausgeschnitten.

Wir finden auch den Entwurf eines Briefes an die polnische Mira, geschrieben zehn Tage vor Mutters Tod. Sie schreibt, sie würde verstehen, daß es in Polen noch immer schwierig ist, und sie wünschte, sie könnte Mira nach Finnland einladen, aber so, wie die Dinge jetzt stünden, müsse sie sich damit begnügen, Mira und ihrer Familie alles Gute zu wünschen und Polen eine helle Zukunft.

Außerdem finden wir einen Zettel, auf den Mutter mit Bleistift geschrieben hat: «Ewiges Leben ist nicht Auflösung in ein undefinierbares All, sondern das Erreichen der unendlichen Universalität und Freiheit der Seele, des Geistes.»

Der Rest ist unleserlich – ein Gestammel über das große Rätsel.

Auch mit Vater habe ich noch nicht den Kontakt verloren. Martin findet einen Brief von ihm an seine Mutter, geschrieben in dem Sommer, als er dreizehn Jahre alt war. Zum erstenmal ist er für länger von zu Hause fort, um in einem nyländischen Herrenhaus mit einigen gleichaltrigen Jungen Finnisch zu lernen. «Mutter muß an ihr *Kindchen* schreiben, am besten jeden Tag. *Kindchen* ist so traurig, so traurig, daß manchmal richtig Tränen kommen wollen.»

Es war das unsichere Kind, dessen Mutter sich schließlich angenommen hat.

Ja, wenn ich auch Großmutter und Großvater väterlicherseits nie gesehen habe, so kommt jetzt ein Gruß von ihnen. Martin findet einen Brief von Großvater, in der Verlobungszeit geschrieben. In der Verlobungszeit muß sie allmählich an seinen Gefühlen gezweifelt haben, sie muß ihm einen Brief geschrieben haben, auf den er schleunigst geantwortet hat. Der alte Jurist beginnt mit einem Satz, der eine leichte Ungeduld verrät – es scheint fast, als würde er auf den Buchstaben des Gesetzes verweisen: «Meine Gefühle für Dich sind unverändert und werden so bleiben.» Dann fährt er fort: «Du bist meine Vision.» Dann mag er eingesehen haben, daß ihm das Romantische nicht lag, und er schließt: «Möglicherweise haben jedoch diese Gefühle angesichts der Gewißheit einer baldigen Vereinigung im gemeinsamen Heim jetzt etwas ruhigere Formen angenommen.»

Noch immer ist es wie eine Verliebtheit, aber jetzt wie eine Verliebtheit, die geheim ist. Ich sehe ein, daß ich nicht ständig von Mutter reden kann, aber ich kann auf sie verweisen: «Meine Mutter hatte eine Freundin, die –» Oder: «Meine Mutter hat oft erzählt –»

Zuunterst in einem Schreibtischfach finde ich die Fotokopie eines Interviews, das *Hufvudstadsbladet* vor neun Jahren mit Mutter gemacht hat. Es handelt von ihrem Yoga, und da steht: «Ihr Yoga nimmt sie ernst, aber nicht todernst. Yoga schenkt Freude, versichert sie. Man schließt Bekanntschaft mit sich selbst. Falls jemand einwendet, das sei vielleicht keine angenehme Bekanntschaft, antwortet sie, man müsse dafür sorgen, daß man sich mit sich selbst anfreundet, angefangen mit dem eigenen Körper. Es ist der einzige Körper, den man hat.

Sie sagt auch: ‹Ich kann morgens die Kaffeemaschine anschalten und Kopfstand machen, und wenn ich höre, daß der Kaffee fertig ist, lasse ich mich wieder auf die Füße herab.›»

Mutter hat diese Fotokopie selbst gemacht und sie mir gegeben. Mutter war meine erste Leserin, Mutter sammelte meine Artikel, aber jetzt frage ich mich: Habe ich ihr je gesagt, daß ich dieses Interview gelesen habe und es gut fand?

Ich schreibe der Journalistin, die es gemacht hat, und sage ihr, daß ich es gut finde.

Ich gehe in die Fredriksgatan. Mutter wohnt da nicht mehr, aber im Kleiderschrank hängen noch immer einige von ihren Sachen. Ich beuge mich hinein und schnuppere ihren Duft.

Im Badezimmer fällt mein Blick auf das Waschbecken, und plötzlich taucht ein Erinnerungsbild auf. Am letzten Tag, an dem sie in der Fredriksgatan war, saß sie da im Bad auf einem Schemel, und Martin und ich wuschen sie, aber als sie fertig war, hat sie die Hand nach einem Lappen ausgestreckt und das Email abgewischt.

Die Kinder hatten ihr Bestes getan – sie verstand wirklich, daß sie ihr Bestes getan hatten –, aber sie war noch immer die Erwachsene, die einspringen mußte.

Mein Bild von Mutter ist in ständiger Bewegung und Veränderung begriffen. Vor mehr als zwanzig Jahren hat Mutter ein Porträt von Vater gemalt. Nach Vaters Tod hing es gegenüber von ihrem Bett, und im Laufe der Jahre hat sie es hin und wieder abgenommen und irgendein Detail neu gemalt.

Genau wie sie nie ganz mit Vater fertig geworden ist, werde ich nie ganz mit ihr fertig. Aber ein Buch muß schließlich fertig werden.

Ich werde das Buch vermissen, wie ich Mutter vermisse. Ich gehe zu ihrem Grab. Sie wohnt da nicht, aber sie ist bereit, Verabredungen zu treffen. Manchmal spüre ich, daß sie ungeduldig ist. Sie findet wohl, meine Erziehung sollte abgeschlossen sein.

Mutter kannte einen alten Mann, der neunzig Jahre alt geworden ist. «Alle meine gleichaltrigen Freunde sind tot», seufzte er, «und meine jüngeren Freunde sind so schrecklich alt.»

Die meisten Menschen sind tatsächlich tot.

Das ist so selbstverständlich, daß ich mich frage, warum ich jetzt zum erstenmal darüber nachdenke.

Früher hat man vom Trauerjahr gesprochen. Hat man einmal alle Jahreszeiten, alle Geburtstage, alle Feiertage durchlebt, hat man vielleicht begriffen. Dann kann man anfangen, sich zu gewöhnen.

Ich arbeite: ich lese und schreibe. Ich treffe meine Freunde. Das Leben ist wirklich wunderbar. Dann an einem Tag im März überfällt es mich wieder: «Mutter ist tot.» Einen Augenblick lang denke ich: «Ist sie *wirklich* tot?»

Einen Augenblick lang ist es, als hätte ich es gerade zum erstenmal gehört.

Ende April wird Tante Inger achtzig. Das ist ein Festtag in der Familie Cleemann – ich selbst bin in San Francisco, aber Ville vertritt mich bei dem Fest.

Ville und Martin vertreten ihre Mutter.

«Deine Mutter und ich haben über das meiste gesprochen, aber nie über Verliebtheiten», schreibt Thora. Von Erik Svane wußte sie nichts – von Vilhelm von Rosen kann sie erzählen, er sei groß und dunkel gewesen und gutaussehend.

Er muß ausgesehen haben wie Vater.

Thora fährt fort: «Es hat viele Jahre gebraucht, bis ich es über mich brachte, Deiner Mutter zu erzählen, daß meine erste große Liebe ein Royal-Airforce-Flieger war, der 1944 über Arnheim abgeschossen wurde.»

Mutters Palme verkümmert und stirbt. Ich respektiere ihren Entschluß und trage sie in würdiger Form mit Topf und Untersetzer hinaus.

Mutters Versicherungsunternehmen ruft an. Ihre Lebensversicherung erfordert ein Gesundheitszeugnis. Ich sage, meine Mutter ist gesund – so gesund, daß sie keine Lebensversicherung braucht.

Kiri soll verkauft werden. Ville sagt: «Aber meine kleine Eiche bleibt doch – die Eiche, die wir an meinem fünfzehnten Geburtstag gepflanzt haben.»

In diesem Moment weiß ich nicht, was ich sagen soll – aber hinterher: Ville hat es schon geschafft, einen Baum zu pflanzen.

Mutters Winterstiefel stehen in einem Pappkarton. Es sind wirklich ganz hervorragende Winterstiefel.

In einem Brief an Ville erzähle ich, daß ich über Mutter schreibe, und ich frage, ob ihm etwas einfällt, was ihm besonders wichtig wäre beizutragen. Er antwortet: «Was ich jetzt in letzter Zeit am meisten über Großmama gedacht habe, ist, daß es ein viel höheres und schwerer erreichbares Ziel ist, auf der persönlichen Ebene berühmt / beliebt / respektiert zu werden, wie sie es war, als auf der äußeren, beruflichen Ebene, wie die meisten (und sie ja früher auch) es erstreben. Jeder will sich wohl auf irgendeine Art verewigen, und viele wollen weltberühmt werden, aber letztendlich gibt es keine bessere Art, seine eigene Menschlichkeit zu verewigen als auf der persönlichen Ebene, und nur sehr wenigen Menschen gelingt das, was sie erreicht hat.»

Mutter glaubte an die Reinkarnation. In dieser letzten Zeit wurde sie kleiner und kleiner. Als wir sie auf den Topf setzten, als wir sie windelten, war sie unterwegs zur Reinkarnation.

«Die Toten müssen nicht mehr sterben», schreibt Tua im *Marianergrab*.

Aber für Mutter wurde auch der Tod ein Abenteuer.

Babben ruft vom Land aus an. Sie will hinaus, Brennesseln für Brennesselsuppe pflücken. Ich meine, Mutters Stimme zu hören. «Ich bin zur Zeit auf dem Land, und jetzt gehe ich Brennesseln für Brennesselsuppe pflücken.»

In diesem Jahr wollte Mutter sich doch auf die Suche nach dem Bären machen.

Nein, das war letztes Jahr.

Fast auf den Tag ein Jahr nachdem ich mit Mutter bei Monica und Seppi zum Essen war, kommen sie zum Essen zu mir. Sie bringen einen Strauß aus blühenden Traubenkirschen und knospendem Flieder mit.

Der Frühsommer ist so schön. Warum muß er so schön sein?

Ich träume, ich habe eine Ansichtskarte von Mutter bekommen. Das Foto zeigt den weißen Saal in Kiri, mit dem kleinen Schreibtisch, den Großmutters Vater getischlert hat, als er sich von seinem Direktorsamt erholte. Daran hat Mutter gern gesessen und geschrieben. Der Text ist auf Mutters alter Schreibmaschine getippt, deren Schrift genauso persönlich ist wie ihre Handschrift, mit Buchstaben, die immer aus der Reihe tanzen wollten.

«Jetzt ist der schöne Frühsommer vorbei», steht auf der Karte.

Es ist der Tag vor Mutters Todestag, und als ich am Bahnhof vorbeigehe, erinnere ich mich: Vor einem Jahr nahmen Ville und ich zum letztenmal den Zug.

Wenn ich nun nicht gefahren wäre? An diesem Tag war ich doch so müde, eigentlich wollte ich gar nicht fahren, ich – Wenn ich nun beschlossen hätte, noch einen Tag in der Stadt zu bleiben?

Die Treppe des Bahnhofs hinab kommt ein Paar in den mittleren Jahren, das je zwei riesige Koffer trägt. Sie sind beide sehr elegant gekleidet, und ihre Koffer scheinen nagelneu, aber man sieht, daß sie gestritten haben: der lippenstiftrote Mund der Frau ist wie ein Strich.

Plötzlich vermisse ich Mutter aufs heftigste. Gemeinsam hätten wir uns ausspinnen können, woher diese Menschen kommen, wer sie sind, worüber sie gestritten haben. Sie hätte viel dazu zu sagen gehabt.

Uns Geschichten über Menschen auszuspinnen war ein gemeinsames Spiel, ein Teil unserer gemeinsamen Sprache.

Indem ich Mutter verloren habe, habe ich eine Sprache verloren.

Am folgenden Tag weiß ich schon beim Aufwachen: Jetzt habe ich nicht nur alle Jahreszeiten, alle Geburtstage und alle Feiertage ohne sie durchlebt, sondern jeden einzelnen Tag des Jahres. Ville und ich gehen zum Grab. Darauf sind frische Blumen gepflanzt – Blumen, für die Mutter selbst bezahlt hat. Sie sind rot und weiß, und Ville und ich sprechen davon, daß Mutter bestimmt zufrieden ist – sowohl damit, daß sie selbst dafür bezahlt hat, als auch mit den Farben.

Meine Mutter ist Dänin. Meine Mutter ist.

Als wir uns auf den Rückweg machen, kommt überraschend ein Gewitterschauer, eine leisere Wiederholung des Begräbniswetters. Noch nachdem es aufgehört hat zu regnen, ist es dunkel, und einzelne gelbe Birkenblätter schweben zu Boden.

Ich denke an Mutters Karte: Jetzt ist der schöne Frühsommer vorbei.

Ich träume von Mutter. Wir sind in Kiri, sie und ich.

«Du hast im Traum geweint», sagt Manfred beim Frühstück. «Wovon hast du geträumt?»

Ich wußte nicht, daß ich geweint habe.

Ich träume von Mutter. Wir sind in Kiri, sie und ich, wir sind zusammen in der Sauna. Mutter hat Birkenzweige gepflückt und Saunaquasten gebunden, die Birkenquasten duften. Es ist Abend, es ist August und dunkel, aber Mutter hat eine Kerze angezündet und sie ins Fenster gestellt. Ich sehe ihre Haut im Lichtschein glänzen, ich sehe die Schweißtropfen auf ihrer Brust. Nein, wir könnten nicht die gleiche Brustprothese haben.

Sie ist da – weil sie dagewesen ist.

Es ist sehr viel bemerkenswerter, daß ein Mensch geboren wird, als daß er stirbt.